魔王の俺が奴隷エルフを嫁にしたんだが、どう愛でればいい？

「――〈呪翼〉――」
オリアスは供物でも捧げるように
両手で〈アザゼルの杖〉を掲げ、静かに囁いた。
〈アザゼルの杖〉が淡く輝き、オリアスの背に光が集う。
紡がれたのは、光の翼だった。
――これが〈アザゼルの杖〉の本当の使い方。

――〈天燐・流星〉――
儚い鬼火は隕石のごとく燃え上がって
屍竜を打ち据える。
その様は、流星と呼ぶ他ない光景だった。

魔王の俺が奴隷エルフを嫁にしたんだが、どう愛でればいい？13

手島史詞

HJ文庫
956

口絵・本文イラスト　ＣＯＭＴＡ

Contents

ザガン

本作の主人公。

幼いころとある魔術師に実験用として攫われ、逆に魔術師を暗殺してその財産と知識を手に入れた。

ネフィに一目惚れして買い取るが、初めて人に好意を持ったためにどう扱っていいのか悩んでいる。

ネフィ

白い髪を持つ珍しいエルフの少女。愛称はネフィ。魔力の高いエルフの中でも際立って魔力が高く、
“呪い子”として扱われていた。自分のことを「必要だ」と言ってくれたザガンに少しずつ好意を抱いていく。

アルシエラ

夜の一族の少女。実は悠久の時を生きており、ザガンを<銀眼の王>と呼ぶ。失われた歴史について把握しているが、何らかの理由で答えられない模様。

ビフロンス

少年にも少女にも見える性別不明の魔王。ザガンに撃破され呪いを受けた。

魔王シアカーンと共闘関係にあったが決裂。

ネフテロス

ネフィによく似た容姿の魔術師で、その正体は魔王ビフロンスに造られたホムンクルス。

ビフロンスから離反した後は教会に身を寄せている。

デクスィア＆アリステラ

シアカーンの配下の双子の少女たち。希少種狩りを続けるシアカーンの命を受けて黒花たちをつけ狙っていた。『泥』に呑まれたアリステラを救うため、デクスィアは一人で飛び出した。

アンドレアルフス

13人の魔王の筆頭にして、聖騎士長の顔も持つ最強の男。

魔王ビフロンスに心臓を貫かれ、行方をくらましている。

銀眼の王

異種族たちの間に伝わる1000年前の伝説的英雄の呼称。

アルシエラは何故かザガンのことを<銀眼の王>と呼ぶ。その正体は――?

シアカーン

魔王の一人で、黒花の故郷を滅ぼしたこともある希少種狩りの犯人。

先代魔王マルコシアスに粛清されたはずだが、生き残りビフロンスと共に暗躍している。

プロローグ

「戦というものは、どれだけの準備ができたかで勝敗が決まるものらしい」

玉座の間にて、沈痛な声でそうつぶやいたのはザガンだった。

その体には無数の傷が刻まれ、黒い髪は乱れて泥をかぶり、魔術師の要塞たるローブも煤けて破れ、顔にも疲弊の色が濃い。〈魔王〉の威厳を保っているのは、せいぜいその強い意志を浮かべる銀眼くらいのものだろうか。

数刻前、ザガンは〈アザゼル〉と呼ばれる存在と一戦を交えた。

ザガンの義妹であるハイエルフの少女ネフテロスの体を奪って現れたそれに、ザガンは無様に惨敗を喫した。

義妹に想いを寄せていた聖騎士リチャードは一命を取り留めたものの昏睡状態。ザガンの兄弟分であり、〈魔王〉アンドレアルフスの直弟子にして聖剣所持者でもあるステラは重傷。彼女と行動を共にしていた聖騎士団長ギニアス＝ガラハット二世も同じく瀕死。

おまけに仮初めの協力関係にあった最強の吸血鬼アルシエラは、〈アザゼル〉化した〝ネフテロス〟を殺すと宣言して決別した。

シアカーンの使い魔デクスィアと、彼女と酷似した裏路地の兄弟リゼットこそ奪われずに済んだものの、こうも為す術がなかったのは初めての経験である。

しかも、事態の悪化はそれだけに留まらない。

「――ラーファエル、ゴメリからの連絡はやはり途絶えたままか？」

玉座の間にはザガンが全幅の信頼を置く執事ラーファエルの姿がある。

片腕を義手としたいまも〝最恐〟の聖剣所持者としての実力は微塵も陰ることがない。

そのラーファエルが、険しい表情で頷く。ザガンが見て険しいと思うのだから、常人が見たら心臓麻痺を起こしかねない表情である。

「恐らく討たれたか、シアカーンに捕縛されたと思われる。ゆえに――」

娘に関すること以外なら常に冷静沈着を旨とするこの男が、重たいため息を漏らす。

「ゆえに、キメリエスがゴメリを追って姿を消した」

ラーファエルは次の言葉を口にすることに一瞬の躊躇いを見せるが、意を決したようにこう告げた。

「ゴメリほどの魔術師が、逃げることもできずに囚われるとは考えられん。恐らく、生きてはいまい」

ゴメリはザガンが左腕として信頼を置く魔術師である。元魔王候補のひとりであり、その力は〈魔王〉を別とすれば大陸最高の魔術師とさえ呼べるだろう。

それこそ〈魔王〉相手でさえ、あのおばあちゃんなら飄々と逃げ切るのだ。それが連絡も取れない状態にあるとすれば、死以外にない。

――事態を知らせる間もなく倒れたとあれば、やったのはアンドレアルフスか。

本気で逃げに徹したゴメリは〈魔王〉ですら捉えられない。

できるとすれば、時間停止の魔術〈虚空〉を振るう〈魔王〉アンドレアルフスを措いて他にいまい。あの男に不意を衝かれたなら、いかにゴメリであっても逃れられまい。

これが、思わずため息をつきたくなった一番の原因である。

――味方にいても仕事をせんのに、敵に回ると厄介な……。

恐らくビフロンスかシアカーンの魔術で傀儡として使われているのだろう。加えて〈魔王〉ともあろうものが傀儡にかかっているのであれば、生きてはいまい。傀儡は鮮度が高いほうが強力だが、生きた相手は抵抗もするのだから。

ゴメリからの最後の定時報告には『シアカーンへの補給物資を確認。これを阻む』とあった。この補給自体が罠だったと見るべきだろう。

そして、彼女の失踪を知ったキメリエスはそのままいなくなった。彼もまた、ザガンが右腕として信頼する魔術師であった。

だが、ザガンは首を横に振った。

「いや、ゴメリが死んだとは限らん」

「……というと？」

「ゴメリが死んだとすれば、その原因を作ったのは俺だ。キメリエスなら、まず俺の首をかき切ってからシアカーンを殺しに行くだろう」

キメリエスはもっとも忠心の厚い配下ではあるが、ゴメリを死なせるというのはそのキメリエスの忠心を裏切る行為に外ならない。裏切ったというなら、ザガンの方なのだ。

「だが、やつは俺には目もくれずに姿を消した。つまり、やつには仇を無視してでも急ぐ理由があった」

そんなものは、ひとつしか考えられない。

「ゴメリは生かされ、囚われていると？」

「ああ。それでキメリエスはおびき出された。やつには拒否権なんぞないからな」

シアカーンは恐らくなにかしらの方法でゴメリの生存を知らせたのだろう。

正直、まんまとしてやられた。最悪の場合、キメリエスが敵に回る可能性も考慮しておく必要があるだろう。

状況はさらに悪くなっているだけだが、それでもザガンは配下を見捨てない。やることは決まり切っている。ゴメリが生きているというなら救い出す。キメリエスも連れ戻す。

だが、それゆえにザガンはこうして疲労を隠しきれなくなっているのだ。

「いずれにしろ、俺は右腕と左腕を欠いた状態でシアカーンの一万の軍勢を迎え撃たねばならなくなったわけだ」

シアカーンの軍勢は、すでに完成していたらしい。

一万の軍勢というのは、師団という単位になる。この大陸に現存する聖騎士は東西南北で四個師団に編成されているという。教会総戦力の四分の一に及ぶ数ということだ。

〝ネフテロス〟の暴走により、ザガンたちが惨敗を喫するのと同時にシアカーンの軍はキュアノエイデスに向けて侵攻を始めた。ここ数日、街の周辺に不審者の姿が報告されていた。斥候が放たれていたのだろう。

あるいは、〈アザゼル〉の一件すらシアカーンの計画だったのかもしれない。直接の原因は〈魔王〉ビフロンスではあるが、〈魔王〉ならばそれを利用して然るべきだろう。

真に恐るべきは、そんな状況すら想定し、読み切った機知である。

義妹は救わねばならず、配下を守らねばならず、その上で一万の軍勢――恐らくは過去の英雄(えいゆう)たちによって構成された史上最精鋭(せいえい)の軍勢――を迎え撃たねばならない。

いかに偉大(いだい)な〈魔王〉とて疲(つか)れのひとつくらいは見せたくなる状況だった。

ゆえに、最初の言葉に戻る。

「それまでの準備で勝敗が決まると言うのなら、この戦、勝ち目はないことになるな」

いかなる障害もその拳(こぶし)でねじ伏(ふ)せてきたザガンが、初めて口にした敗北の言葉だった。

『――いいこと？　この世界は二百年前の〝神魔戦争〟で疲弊し切っているわ。魔術師は世界の傷を癒し、次なる世代へ未来を託す義務があるの。お前のように誰彼かまわず噛みついていたらあっという間に滅んでしまうのが、いまのこのか弱い世界なのよ』

最後に『おわかり？』と付け足して、キ・セルでこつこつと頭を叩いてくるのは、見たところ十四かそこらの少女だった。

ゆるやかに波打つ長い髪は淡い金色。大きくわけてさらけ出された額ながら、その小さな顔に嵌まる紺碧の瞳。小生意気な笑みを浮かべていなければそれなりに整った顔立ちで、どこか良家の令嬢と言われれば頷いてしまいそうな容姿である。

ただ、その頭にはぶかぶかの三角帽子をかぶり、首元には魔石をあしらったカメオとリボン。肩から真っ黒なマントを羽織っている。物語の魔女のような格好ではあるが、本人の幼さゆえ小さい子供の〝ごっこ遊び〟という印象の方が強い。

『魔術師が人と世界を癒し、聖騎士がそれを導く。そうやってこの世界はようやくここまで立ち直ったのよ。お前のような悪たれが好き勝手暴れても許してもらえるくらい、平和にもなった』

こんな子供に説教されている己というものに、耐えがたい屈辱を覚える。だがその屈辱に耐えかねて襲いかかり、返り討ちにあって地に伏しているのがいまの自分だった。

地面で歯ぎしりしながらにらみ返すと、少女は呆れたようにため息をもらす。

その右手には、強大な魔力を放つ異様な〈刻印〉が刻まれていた。

『まったく……。お前にはこの二代目〈魔王〉筆頭リゼット・ダンタリアンの弟子としての誇りはないの？　うちの教えを請えるなら誰もが全てを擲つというのに』

この世界には魔術という超常の力を操る魔術師が存在する。

少女はそんな魔術師たちを束ねる十三人の王のひとりだ。初代〈魔王〉のほとんどは神魔戦争で命を落としており、現在の〈魔王〉たちは二代目に当たる。

そんな二代目〈魔王〉たちを束ねるのが、信じがたいことにこの少女なのだという。

筆頭を名乗るだけあって、その力は〈魔王〉たちの中でも抜きん出ており、加えてこの容姿と人格ゆえに愛されてもいた。

まさしく陽の光のようにまばゆい少女。ゆえに己は嫌悪する。

誰も弟子にしてくれなど頼んではいない。吠えて返すと、少女はまたキ・セルでこつんと頭を叩いて返す。

『おバカ者。うちがお前を引き取ってやらねば処刑されていたのよ？　少しは身の程を知りなさい』

周辺の村々を襲い、暴虐の限りを尽くし、そして年端もゆかぬこんな少女にコテンパンに伸されたのが自分だった。以来、この少女は自分を弟子と呼んで下らぬ雑用ばかり押しつけてくる。本日もそれに反発して勝負を挑み、めでたく敗北を喫したわけである。

少女はキ・セルを握ったまま頬杖をつき、また疲れたようにため息をもらす。

『はあ、なんでこんな反抗的なのかなあ。これが反抗期ってやつなのかしら？　今度先生……じゃなかったマルコシアスに聞いてみようかしら。でもマルコシアスはシスコンだから、子供の話とか聞いてもダメそうよね。どうしよう……』

なにを勝手なことを言っているのか。お前は親か？

そう吠えると、少女はまたキ・セルで頭を小突く……と思いきや、優しく撫でてきた。

『ん、そうだったわ。お前は親というものも知らないのだったわね。……いいわ。まずはうちがお前を愛してあげる。人が当たり前に得られたはずのものを、うちが与えてあげる』

余計なお世話だ。そもそも貴様のようなクソガキが調子に乗るな。

『ふふふ。まずは目上の者に敬意を払うことを覚えるのね。うちはこんな姿だけど、もう二百歳になるのよ？　神魔戦争だって見届けた生き証人なんだから』

どれだけ吠え散らかしても、少女は微笑ましそうな眼差しを返すばかりだった。

『東方にあるリュカオーンという国には竜虎相搏といって、虎は竜と並び賞されるほど優れた存在と言われているのよ。お前もそんな立派な虎に育ててあげる。感謝なさい？』

虎――それが自分の呼び名だった。

伝説上の種族であり、いまのこの世界でその姿を目の当たりにすることはない。伝説の中で語られる〝虎〟は災厄の化身である。その名を冠する虎獣人もまた、抗いがたい破壊衝動を抱える種族であった。

そんな悪獣を相手に、少女は言葉通りに無償の愛を注いでくれた。

無条件に自分を受け入れる彼女に思慕の念を抱くまで、そう長い時間は必要なかった。

そして、そんな彼女を喪うまでも……。

◇

「ダンタリアン……」

薄暗い地下の一室。かつて彼女がその右手に宿していた〈魔王の刻印〉を見つめ、朽ちた《虎の王》はその愛しい名をつぶやく。

「我は、あなたが望むような虎には、なれなかっ、た……よ」

きっと、彼女はいまの自分を許してはくれないだろう。

彼女のように強くはなれなかった。愛しい者を喪って、それを受け入れることも背負うこともできなかったのだ。

彼女のいない世界になんの意味があろう。

そんなシアカーンが真に不運だったのは、喪った者を取り戻す方法を見つけてしまったことである。

その手段がどれほど血と怨嗟に塗れていようとも、手段があるなら選ばざるを得ない。

取り戻した彼女は、きっとかつてのように自分を受け入れてはくれないだろう。軽蔑するだろう。

だが、それがどうしたというのだ。

重要なのは、彼女が生きているということなのだ。そのためなら自分を含めてなにが犠牲になろうと知ったことか。

でも、それでも、彼女が自分に世界を守る虎になってほしいと願ったのも事実なのだ。

矛盾する想いと願いの狭間で、八百年もがいた。

八百年、幾度となく〈魔王〉は入れ替わった。マルコシアスが死に、アンドレアルフスが倒れたいま、当時からの生き残りはもはやシアカーンひとり。

結末は、シアカーンにもわからない。

「だが、ここに至るまでの全ては、未だ我の手の平から一度として、こぼれてはいない」

アンドレアルフスの襲撃も、ビフロンスとの決別も、〈アザゼル〉の復活さえも全ては想定されたことなのだ。

正面衝突するシアカーンとザガン以外にも、ビフロンスやオリアス、場合によってはナベリウスやフルカスも関わってくるかもしれない。傀儡に成り下がったとはいえ、アンドレアルフスもいる。

およそ〈魔王〉の半数以上が関わるこの戦いを、ここまで読むことができた者は何人いるだろう。ここから先、驚異となるのはその数人だ。

――まずはビフロンスと、そして恐るべきアルシエラのふたりか。

オリアスは関わってこそいるものの、積極的ではない。ナベリウスは傍観を決め込むだろう。フルカスは壊れた。そして、聖騎士ではシアカーンを理解できない。

それ以外の者は戦の舞台にすら立てていない。予測できていない時点で準備が足りていないのだ。驚異たり得ない。

ゆえに、ここから先は一手でも読み違えた者から脱落していく。

ザガンは、果たしてどこまで読んでいるだろう。かの〈魔王〉は恐るべき力を誇り、他に類を見ないほどの速度で成長している。

いまや無策であの男とぶつかって打ち破れる者など、〈魔王〉の中にもおるまい。

ただ、悲しいかなザガンは若すぎる。

これがかつてマルコシアスの後継者として名が挙がったとき、〈魔王〉たちの判断が分かれた点だ。結局は、その欠点を補ってあまる力と才能ゆえに〈魔王〉の座に就いたが。

果たして、ザガンの研鑽と成長はシアカーンの八百年の経験を凌駕するだろうか。

――いや、凌駕する前提で動かねば勝てぬであろう。

彼はこの世界でもっとも偉大な英雄の血を継ぐ者なのだ。

そしてかつての英雄たちと同じく苛烈なまでの力への渇望と、彼らが持たなかった敵対者への徹底的な冷徹さを併せ持っている。

正直、マルコシアス以上に敵に回したくない男だと言えよう。

――マルコシアス、か……。

その名を思い返して、《虎の王》の中にほの暗い感情がこみ上げる。

すでに終わったことだ。あのおぞましい老人は、この手で殺してやったのだから。

あるいは、希少種狩りでさえ復讐の一部だったのかもしれない。〈アザゼル〉の因子を集めるだけならば、なにも皆殺しにする必要はなかったのだから。己の庇護する希少種たちが殺されるのを為す術もなく見るのは、さぞや屈辱だったことだろう。

当然、この身もただでは済まなかったが、全てから忘れ去られ、力をすり減らして死んでいくあの老人の最期は、中々に胸の空く思いだった。

そう、復讐はもう終わったのだ。

あとはこの残り滓のような命をどう締めくくるかというだけの話である。

車椅子を軋ませ、静かに瞑目していると、その空間に小さなうめき声が響いた。

「――う……うっ……ここ、は……？」

シアカーンの背後には、巨大な石碑がそびえ立っていた。そして、その中心に半ば石化した娘の姿がある。うめき声をもらしたのは、その娘だった。

《妖婦》ゴメリ。〈魔王〉ザガンの左腕にして〈魔王〉オリアスの直弟子。《黒刃》キメリエスの師でもあり、そして恐らくそれ以上の関係にある女である。いまは二十歳ごろの姿をしているが、百五十歳を超える魔術師だった。

そんなゴメリが目を覚ましたことに、シアカーンは思わず驚嘆した。

「よもや、意識を取り戻すとは、思わなかった」

この女は魔術師としても〈魔王〉に並ぶ力の持ち主であり、さらに〈バロールの魔眼〉と呼ばれる異能の持ち主である。それゆえに、生命維持の限界まで魔力を吸い出す装置に拘束してあるのだ。

アンドレアルフスから受けた一撃は致命傷である。とうてい昏睡状態から目覚めるはずがなかったのだが。

「さすがは《妖婦》ゴメリといったところか。次の〈魔王〉に名が挙がったのも、頷ける」

この女も元魔王候補のひとりである。瞬時に自分の置かれた状況を察して、そして挑戦的な笑みを浮かべた。

「そういうそなたは、〈魔王〉シアカーンにあらせられるわけか。きひひ、〈魔王〉からの賛美を賜るとは、恐悦至極よのう」

それから、哀しみとも慈しみともつかぬ色を浮かべた瞳を向けてくる。

「……二代目〈魔王〉筆頭……いまのは、そなたの記憶か……？」

シアカーンは目を見開いた。

「〈刻印〉が、この身を、離れつつあるのか……。それとも、魔人族ゆえの権能か」

Episode3
ころな荘大掃除!
静香と早苗のクリーン大作戦!
思い出の品が続々!?

夏だ!
海だ!
特訓だ!?
Episode4
海と不器用な男達
新たな仲間も連れて、地球の海を満喫!

六畳間の侵略者!? 37

健速

HJ文庫
924

口絵・本文イラスト　ポコ

もくじ

キャラクター勢力図

笠置静香（かさぎしずか）
孝太郎の同級生で
ころな荘の大家さん。
その身に
火竜帝アルゥナイアを宿す。

クラノ＝キリハ
想い人をついに探し当てた地底のお姫様。
明晰な頭脳によって
恋の駆け引きでも最強クラス。

地底人（大地の民）

里見孝太郎（さとみこうたろう）
ころな荘一〇六号室の、
いちおうの借主で
主人公で青騎士。

松平賢治（まつだいらけんじ）
孝太郎の親友兼悪友。
ちょっとチャラいが、
良き理解者でもある。

松平琴理（まつだいらことり）
賢治の妹だが、
兄と違い引っ込み思案な女の子。
新一年生として
吉祥春風高校にやってくる。

孝太郎の幼なじみ

ころな荘の住人
藍華真希
元・ダークネスレインボゥの
悪の魔法少女。
今では孝太郎と心を通わせた
サトミ騎士団の忠臣。
魔法少女
（フォルサリア魔法王国）
幽霊状態
虹野ゆりか
愛と勇気の
魔法少女レインボーゆりか。
ぽんこつだが、決めるときは決める
魔法少女に成長。
東本願早苗
孝太郎に憑りついていた幽霊の女の子。
今は本体に戻って元気いっぱい。
幽霊少女
ティアミリス・
グレ・
フォルトーゼ
青騎士の主人にして、
銀河皇国のお姫様。
皇女の風格が漂ってきたが、
喧嘩っ早いのは相変わらず。
ルースカニア・ナイ・
パルドムシーハ
ティアの付き人で世話係。
憧れのおやかたさまに
仕えられて大満足。
クラリオーサ・
ダオラ・
フォルトーゼ
二千年前のフォルトーゼを
孝太郎と生き抜いた相棒。
皇女としても技術者としても
成長中。
アライア姫
ナルファ・
ラウレーン
正式にフォルトーゼからやってきた留学生。
孝太郎達とは不思議な縁があるようで……？
桜庭晴海
二千年の刻を超えた
アライア姫の生まれ変わり。
大好きな人と普通に暮らせる今が
とても大事。
宇宙人（神聖フォルトーゼ銀河皇国）

アクセス抜群!?
ころな荘
一〇六号室
ROOM No.106
CORONA-SOU

Episode 1 それぞれの秘密

ヴァンダリオンとの決着が付いた日から二日ほど経った頃。孝太郎はある難題に直面していた。それはクランの失策が招いた危機だった。

「メガネメガネ………」

「ちゃんと部屋を片付けてないからこういう事になるんだぞ」

「小言など聞きたくありませんわ！　さっさと見つけて下さいまし！」

「誰のせいなんだ、誰の」

クランはいつも身に着けているメガネを紛失してしまっていた。仕事をする時には仕事用のメガネに着け代えるので、その時に失くしたものと思われた。だからメガネが何処の部屋にあるのかまでは分かっている。しかしその位置が分からない。積み上げられた資料や実験機材の山の中に、埋もれてしまっていたのだ。

「皇宮の中なんだから、侍女だっけ？　召使い？　そういうのに頼めよ」

「嫌ですわ！　マスティル家の侍女に恥を晒すだなんて！」

「じゃあ俺にもやらせるなよ」

「あなたは特別ですわ。そういう成り行きでしたものっ！」

　公式行事が迫っているから、孝太郎としては人手をかけて一気に見付けたい。しかしクランは孝太郎以外の人間を捜索に参加させたくない。多少改善傾向ではあるのだが、クランは基本的に他人が苦手なのだ。部屋に入れるだけでも抵抗感があったし、触って良いもの悪いものについていちいち解説するのも面倒だった。例外は孝太郎ぐらいだろう。孝太郎は好むと好まざるとにかかわらず二人だけで過ごした期間が長かったので、受け入れざるを得なかったのだ。また同じ理由からクランが何に触って貰いたくないのかもしっかりと分かっている。仲間の八人の少女達に関しては、部屋に入れるところまでは良いのだが、触って良いものの悪いものの区別がつかない者が多い。またそれぞれに忙しいという事情もあって、孝太郎だけが手伝わされていたのだった。

「俺に下着の洗濯までさせてた奴が、今更恥もないもんだろ」

「それを言うのは卑怯ですわっ！　わたくしに自覚がない頃の話を引っ張り出して！」

「まーな。お前は箱入りだったたし、俺は原始人扱いだったもんな」

「ううっ……………」

この手の話題になるとクランは旗色が悪い。問題の原因はクラン自身で、しかもすぐに解決する方法があるのに実行しないのもクランの性格のせいだ。どうしたって孝太郎の言い分の方が正しいので、クランが我がままを言っているだけの構図になってしまう。おかげでクランは居心地の悪い時間を過ごす事になっていた。だが、そんな彼女にも救いの女神がいた。

コンコン

「里見君、クランさん、どんな感じですか？」

クランの仲間には、開いたままのドアであっても一応ノックしてから入ってくるような几帳面な人物は少ない。その中にはクランの一番の友達が含まれている。それはクランと孝太郎の為にお茶とお菓子を取りに行ってくれていた晴海だった。

「それがまだ見付からないんです。クランのだらけた生活のツケでしょう」

「ハルミ！　ベルトリオンったらこうやって意地悪ばかり言うんですのよ！」

「あらあら………」

晴海はお茶とお菓子を載せたお盆を抱えて部屋へ入ってくる。彼女は困ったような言葉を口にしているものの、その顔には困った様子はなく、ただ優しげに微笑んでいる。むしろ孝太郎とクランのやりとりを楽しんでいるような雰囲気があった。

「私も部屋を散らかしておいたら、里見君が片付けに来てくれますか？」

「散らかさないじゃないですか」

「今日から片付けを止めれば、きっと！」

「絶対に二、三日で耐えられなくなって、自分で片付け始めますよ」

「そんなの不公平です。片付いていても片付けに来て下さい！」

「どういう理屈ですか、それは……」

そして晴海はいつも孝太郎に構って貰えるクランを羨ましく思っていた。晴海は何かを失くした時、孝太郎が部屋をひっくり返して探してくれた経験などない。それはそれで恥ずかしい気もするのだが、いつも楽しそうに――クランには異論があるが――大騒ぎしているのを見ていると羨ましくて仕方がないのだった。

「わたくしはむしろ放っておいて欲しいですわ」

「お前は放っておくと好きな事しかやらないだろう」

「ユリカとは違いますわ！」

「そう思ってるのはお前だけだ」

実はクランの方も晴海を羨ましく思っていた。晴海は孝太郎の信頼が篤く、むしろお姫様のように扱われている。クランは手のかかる妹のような扱いなので、そうした待遇の差には大きな不満を感じていた。自分もお姫様のように扱われたいというのがクランの願いなのだ。そしてそうなっていない現実に、フラストレーションを溜め込んでいた。

結局、メガネを見付けたのは晴海だった。晴海が何気なく開けた流し台の物入れの中から出て来たのだ。クランは実験器具を洗う時にメガネを代えて、一緒にそこへ置いてしまったのだろう。問題のメガネは今はクランの鼻の上に乗っている。おかげで予定されていた公式行事――――フォルサリア関連の緊急会議への出席――――は無事に完了していた。

「……そもそもベルトリオンはわたくしを一人の女性として見ていないのですわ！」

だが結構な時間が経ったというのに、クランの孝太郎に対する怒りは収まっていなかった。クランは会議のお手伝いとして同行してくれていた晴海に対して、その怒りの感情が生み出す愚痴を延々と零し続けている。それは特別な友人である晴海に対する甘えと言えるだろう。

「それは里見君の照れというか、甘えなんじゃないかと思うんですが」

「そんな事はありませんわ！　あれは絶対に、わたくしを虐めて楽しんでいるに違いありませんわっ！」

「いいなあ……」

「ちっともよくありませんわ！」

晴海の感覚では、孝太郎はきちんとクランを皇女であると認めた上で、あえて粗雑に扱っている節がある。そうでなければあの最終局面で剣が九色に輝く筈がないのだ。気持ちの深い部分では、クランと孝太郎はちゃんと繋がっている。しかし表層部分の感情表現においては、クランと孝太郎の理想にはズレがあった。クランはチヤホヤされたいのだが、孝太郎の方はクランには気持ちを正直に表現出来ずにいる。晴海の勘では、クランの性格の問題で、孝太郎の方に年頃の男の子特有の照れが出てしまっているようなのだ。しかしそれを指摘してもクランの気持ちは収まらない。そこで晴海は話の方向を変えてみる事にした。

「そうだクランさん、せっかくここまで来た訳ですし、少しこの辺りを見て回ってみませんか？」

会議の内容がフォルサリアとの関係についてのものだったので、二人はベルトリオン特別領までやってきていた。これは当面はベルトリオン特別領が、移住を望むフォルサリア人の受け入れ先となる予定だからだ。そしてこの場所はクランにとっても晴海にとっても特別な意味がある場所だ。だから少しばかり見て回りたいというのは、話題を変える為だけではなく、偽らざる晴海の本音だった。

「……そうですわね、折角ですからそうしてみましょうか」

晴海が期待した通り、クランの注意が孝太郎から離れた。クランにとっても、この場所には大きな意味があった。

「早速なんですけどクランさん、この場所って正式にはどういう扱いなんですか?」

「それはえーと……ベルトリオンの領地ですわね。しかしベルトリオンの権利は法律に優先しますから、この場所だけ別の国に近いですわね」

「他国にある大使館みたいな?」

「どちらかと言うと、あなたの星で言うバチカンに近い扱いになると思いますわ」

晴海にとっては、アライアが孝太郎の為にこの地を不可侵に定めたというだけで特別な意味がある。そしてクランにとっては、二千年前の世界から帰ってくる時の立ち寄り先であり、もう一人の友人であるエルファリアと出会った場所だった。だから晴海とクランには二人とも、この場所を見て回りたいという強い願望があった。

晴海が持っているベルトリオン特別領の情報は、ごく狭い範囲に限られている。かつて晴海はシグナルティンを経由してアライアの記憶を受け取ったが、それは二千年前の世界で孝太郎とアライアが別れた時点までのものだ。だからこの場所の今については、クランの解説が不可欠だった。

「………じゃあ、法律的には扱い難い土地なんですね？」

「そうでしてよ。もしも犯罪者が逃げ込んだりしたら、逮捕するにはベルトリオンに進入の許可を取らねばならない。けれども当人は居ない訳ですから、例の問題を除いても、不可侵領域とする必要があったのですわ」

「アライア皇女としては、それだけではなかったみたいですけれど」

「それはそうではありませんこと？　あの方も、立派な女の子ですもの」

そしてその逆に、晴海がクランに解説してやれる部分もあった。二千年前の世界については、晴海は誰よりもよく知っていたのだ。

「あら………？　そういえばハルミ、この辺りには塔が建っていたのではなくて？」

「はい。あそこに見えている小さな丘――当時は外壁のせいでこの位置からは見えませんでしたけれど、あの丘の向こう側を見通す為に高い塔が必要だったんです」

ベルトリオン特別領は、かつて新生フォルトーゼ正規軍が旗揚げをした場所だった。つまり元々はパルドムシーハの領地にある砦であり、砦がなくなった今もパルドムシーハが土地の管理を代行している。クランも一時身を寄せていた訳ではあるのだが、当時の事はアライアの方がずっと詳しい。そこは流石に当時の皇族、といったところだろう。

「そういえばシャルルさんが塔に登りたいと言って大変でしたわね」

「結局コータロー様に上まで連れて行って頂いて……遊びではないというのに、シャルルときたら……」

「シャルルさんのおかげで、殺伐とせずに済んでいた事情もありますわよ。ふふふ」

二人は並んで空を見上げる。そこにあった筈の塔は失われて久しい。しかし二人の心の目にはそこへ建つ塔の姿が映っている。それを駆け上がっていく、幼い少女を背負った少年の姿も。失われたのは塔だけだ。大切な想い出は、今も変わらず二人の胸の中に存在しているのだった。

「シャルルの護衛をしている兵達はむしろ殺伐としていましたけれど」

「あの子はすぐにベルトリオンを探して何処かへ行ってしまいますものね」

「戦いが半ばに差し掛かる頃には、最初からコータロー様のところに人員を配置するようになっていました」

「……あれはベルトリオンの護衛を増やしたんだと思っていましたけれど、そういう事だったんですのね」

それから二人はしばらくベルトリオン特別領を歩き回った。想い出の痕跡を辿ったというのが、二人の感覚に近いだろう。その度に二人は楽しそうに笑顔と言葉を交わす。二人がこの場所にいたのは、新生フォルトーゼ正規軍を旗揚げする時の僅かな期間だ。だがそれでも二人に共通する想い出は多かった。

「少し、形が変わってしまいましたね。二千年も経っていますから、仕方がありませんけれども……」

「それについてはお詫びがありますの」

そんな二人が最後に辿り着いたのは、ベルトリオン特別領の外れにある小高い丘。その中腹にある洞窟の前だった。洞窟は大きく、そのぽっかり開いた出入り口は差し渡しで何十メートルもある。怪獣が暴れても大丈夫な広さだった。

「何かあったんですか？」

「実は出入りをする際に『揺り籠』をぶつけてしまいましたの」

「まあ！　大丈夫だったんですか⁉」

「大丈夫だったというか、元々壊れていたというか……」

そこは孝太郎とクランが、二千年前の世界から帰還する為に利用した洞窟だった。孝太郎とクランはこの洞窟に『揺り籠』を隠し、アライアはこの場所を不可侵とした。おかげで二千年もの長きに亘り、誰にも邪魔される事なく時間を超える事が出来たのだった。

今のベルトリオン特別領には、ちゃんと領主が存在している。だからかつてほど厳重に立ち入りを禁じている訳ではない。しかし殆どの場所は二千年前から放置されており、人が快適に利用できるように整備されてはいない。この場所も例外ではなく、大きな出入り口から差し込む光だけでは、洞窟全体の様子を見る事は出来なかった。

「ちょっと待って下さいまし、今明かりを……まだ動くと良いのですけれど」

クランは身に着けている腕輪を操作し、何処かへと命令を送信する。すると様々な場所で次々と照明が点灯し、暗闇に包まれていた洞窟を明るく照らし始めた。幸いな事に、クランが二十年前に設置した照明機器は今も健在だった。

「……中はこのようになっていたんですね」

「そうか、あなたは見た事がなかったんでしたわね」

明るく照らし出されている洞窟の中を、晴海は物珍しそうに眺めている。シグナルティンの中にあるアライアの記憶は、孝太郎と別れる時までのものだ。だからフォルトーゼに残ったアライアがその後にやった事は、晴海の記憶にはない。晴海の感覚では、この場所は初めて見る場所だった。

「クランさん、『揺り籠』はどのあたりに埋まっていたんですか？」

「こっちですわ。一応入ってすぐの真正面は避けましたの」

「あはは、確かにその方が良いですね」

二人は照明を頼りに洞窟の奥へ進んでいく。幾つか光っていない照明もあったが、その周辺にある他の照明に助けられ、何も見えないという事はなかった。クランと晴海は程なく目的の場所へと辿り着いた。

「この窪みですわ」

「あは、ちょうどぴったり嵌りそうな窪みですね」

「そして二千年前のあなたが、この場所を守って下さいましたの」

目を細めて窪みを覗き込んでいる晴海に、クランはあるものを指し示した。それは窪みの脇に立てかけられていた、古い石碑だった。

『大空の彼方へ去った騎士に安らかな眠りを。なんぴとたりとも、その眠りを妨げる事なかれ』

石碑には雪の結晶を模した紋章と、ごく短いメッセージが刻まれていた。紋章は他ならぬアライアのもの。メッセージは一見戦没者に対するもののように見えるが、事情を知る者には別の意味が浮かび上がってくる。この場所に孝太郎達がいると知ったアライアが、誰にも時間の移動を妨害されないように手を打ってくれていたのだ。

「……これを……わたし……わたくしが……」

ベルトリオン特別領にやって来た時から、晴海の中にあるアライアの部分が活性化していた。だから実際に記憶がなくても、自分が二千年前に何を想っていたのかは容易に想像が付いた。何の得もないのにフォルトーゼや自分達を守り通してくれた孝太郎を、何としても元の世界へ送り届けたい。騎士の中の騎士なればこそ、現代の人々との約束を果たさせてやりたい。本当は眠れる孝太郎を起こしたかっただろうに。

「ですからわたくしとベルトリオンは、あなたに返し切れない程の恩がありますの。あなたがしないでくれた事を、させてあげたいと思っていますのよ」

クランはアライアの想いを知っている。この場所で時間を凍結している『揺り籠』を見付けた時、彼女が何を想ったのかもおぼろげながらに想像が出来る。普通の女の子として生きたい。平凡な恋をして、平凡な家庭を築きたい。その相手が孝太郎だというのなら、邪魔するつもりなど毛頭なかった。とはいえ退くつもりもなかったのだが。そしてだからこそクランは、今後も彼女の健康診断やＰＡＦの開発を継続していこうと考えていた。

――――そうか、それでベルトリオンは…………。

同時にクランは、孝太郎が何故晴海とクランの扱いに差をつけるのかが分かったような気がしていた。ずっとそういう関係だったからというだけでなく、クランと同じようにアライアに返し切れない恩があると考えているからでもあったのだ。だから孝太郎にとってクランと晴海を大切に思う気持ちが同等であっても――――それはクランの額にも刻まれている剣の紋章が証明している――――気持ちを表現する段階で違いが出てしまう。一緒にアライアに世話になったのだから、ある意味当然とも言えるだろう。

「そんな風に感じて頂かなくても良いんですよ」

晴海は目尻に浮かんだ涙の粒を拭いつつ、明るい笑顔を作った。そして晴海はクランに石碑を指し示した。

「この石碑を建てたわたく――――ううん、私の願いは、きっと過去の出来事を何も意識していないクランさんと里見君の横を、一緒に歩いていく事なんだと思いますから」

「ハルミ…………ありがとう。でもそういう風に仰られては、ますますアライアさんのよう

に感じてしまいますわ。昔の事を忘れるのは、少しだけ時間がかかりましてよ」

「じゃあ私もなるべく晴海らしい事を考えているようにします」

「ふふふ、頼みますわ」

晴海が晴海らしく生きる事は、アライアが何よりも望んでいる事の筈。アライアを忘れる必要はないが、アライアのように生きる事は望んでいない。誰の為にも、晴海は晴海として生きる必要があるのだった。


問題の洞窟の中には『揺り籠』の痕跡以外のものも残されていた。まだ二十年しか経っていないので、それらはきちんと形を保っている。孝太郎達がこの場所で生活していた時に使ったものだった。

「焚(た)き火(び)の痕(あと)……そっか、クランさんと里見君って、ここでしばらく暮らしていたんですものね？」

「そうですわ。二十年前の世界で必要なパーツを手に入れるまで、しばらくここでの生活を余儀(よぎ)なくされましたの」

そこには晴海が見付けた焚き火の痕だけでなく、簡素なテーブルや椅子、収納用のコンテナなど、人間が生活していく上で必要になるであろう品々が残されていた。ただしどれもこれも埃を被っていて、長い間触れる者がなかったであろう事がうかがわれた。

「じゃあ、クランさんがここでお料理をなさったりしたんですね」

晴海は半開きのコンテナから埃を被った鍋を取り出し、クランに笑い掛けた。元々家庭的な印象の晴海なので、その姿は妙に様になっていた。

「ウッ」

対するクランは表情を強張らせるとついっと視線を逸らした。それを見た晴海は軽く首を傾げる。この時のクランの反応は奇妙だった。それでピンと来た。

「もしかして……違うんですか？」

「………」

晴海も孝太郎が家事を主に担当していたとは聞かされていた。クランはお姫様だし、研究も忙しかっただろうから、そうなっても仕方がないと思っていた。しかし全くのゼロだったとも思っていなかった。逆に孝太郎が忙しい時などには、クランが代わりにやっていただろうと思っていたのだ。

「ちょっとぐらいはしたんですよね？」

「……ノ、ノーコメント……」

クランは答えなかった。それが意味する事はただ一つ。クランは本当に、何一つ家事をやっていなかったのだ。晴海は驚きに目を丸くした。

「い、一体どういう生活をなさっていたんですかぁっ⁉」

それは一人の女の子として、とても興味がある問題だった。晴海の感覚では、大好きな男の子と二人きりで数ヶ月の時を過ごしながら、生活は百パーセントその男の子に頼り切りだったという状況が想像できない。それは晴海にとって女の子の危機であり、未知と驚愕の世界だ。にもかかわらず孝太郎との固い絆を築いたクランは、晴海にとって尊敬と憧れの念を抱かずにはいられない存在だった。

「どうって……そ、それは普通に、そのぉ……」

クランにも晴海が尊敬と憧れの念を向けて来ている事は感じている。しかしそれはつまり自分の駄目だった部分が注目を受けているという事でもある。居心地の悪さを感じたクランは、顔を真っ赤に染めたまま視線を逸らす事しか出来なかった。

「クランさんっ、是非その普通の部分を教えて下さい‼　私とわたくしがこれまで出来なかった、とてもとても重要な部分なんです‼」

晴海はその瞳を輝かせ、クランに詰め寄る。それは控え目な彼女にしては珍しい反応だった。そうせざるを得ない程に、晴海にとって重要で、無視出来ない問題だった。もしかしたらそこにこそ、クランが孝太郎に雑に扱って貰えている鍵が、隠されているかもしれなかったから。

「そ、そんな事を言われても……あうぅぅぅ……」

晴海のこの要求は、クランに恥を晒せと言っているに等しい。だからなるべく話題にしたくない事だし、出来れば断りたかった。だがクランは目を輝かせてにじり寄ってくる晴海に向かってノーとは言えなかった。晴海の強い意思に圧倒されていたという事が一番の理由ではあるが、そうしてやる事がアライアの為でもあるのだとチラッと考えてしまったのがいけなかった。

「わ、わかりましたわ……」

「ありがとうございますっ、クランさんっ!!」

こうしてクランは晴海に話して聞かせる事にした。クランと孝太郎が、過去の世界で一体どのような生活を送って来たのかという事を。それはクランがこれまで誰にも語る事のなかった恥部。墓まで持っていくつもりでいた秘密だった。

晴海にとっての最初の疑問は、孝太郎とクランが二人で過去のフォルトーゼに投げ出された直後の事だった。その辺りの事はアライアの記憶にもあるのだが、当初は言葉が通じておらず、正確な所は分かっていなかった。だからクランが孝太郎と和解した正確な理由は、とても気になる部分だった。

「あの時って確か、演劇の邪魔をしにいらっしゃった直後の筈ですよね？　なのにどうしてすぐに和解出来たんですか？」

「………そ、それはぁ………そのぉ………」

クランは恥ずかしげに目を伏せ、顔を赤らめる。それはまるで幼い少女のような照れ方で、彼女の対人関係の経験はまだその辺りにある事がうかがわれる。他の者であればそこに気付いて何がしかの事を思ったかもしれないが、今の晴海の興味は全てクランと孝太郎の関係に集中しており、妙に可愛らしいクランの反応には気付いていなかった。

「………えと、多分、運が良かったのだと思いますわ」

クランは晴海の視線から逃れるように顔を背けながら、絞り出すように答えた。この時クランは、出来れば逃げ出して何処かへ隠れたい気分だった。

「運、ですか？」

「ええ……ベルトリオンがわたくしの超時空反発弾を斬った時に起こった出来事が、戦いどころではない規模でしたの。それ単独で見ると不幸な事なのですけれど、わたくしとあの男に対話を必要とさせたという点では幸運だったのだと思いますわ」

過去の世界へ投げ出された時点から、クランは孝太郎と戦うのを止めた。それは青騎士と白銀の姫の出会いを邪魔してしまった――結果的に勘違いなのだが――からで、放っておけば歴史が変わって元の世界へ戻れなくなる。だから孝太郎を放置しては駄目で、殺すなどもってのほか。協力して、元の歴史に戻すしかなかったのだった。

「もしあの時に起こった事がもっと小さな出来事だったなら、例えばただ宇宙の果てに飛ばされるとか……そうであったらわたくしは、ベルトリオンとの敵対を続けたのでしょうね」

クランはここで照れ臭さを忘れ、軽く身震いした。今のクランには、かつての自分がどれだけ酷い人間だったのかが分かる。そして自分がそのままであった場合を想像すると恐ろしくてたまらなかった。きっとフォルトーゼに災いを為す皇族、最悪の場合は皇帝になっていただろう。その場合はむしろ、孝太郎に倒されていた方が良いと感じる程に。その辺りの事を考え合わせると、過去の世界へ行った事は彼女にとって本当に幸運だったと言えるのだった。

「じゃあ、最初は嫌々協力なさっていたんですね。わたくしもただの騎士と従者ではないとは思っていましたけれど……」

晴海――アライアの記憶には、その頃の二人の事が鮮明に残っていた。孝太郎とクランは騎士とその従者という触れ込みであったが、冷静に思い返してみれば確かに最初はぎくしゃくした雰囲気はあったのだ。

「敵対していたのですから、そんなにすぐに信頼関係は出来ませんわ」

「反動は大きそうですものね。その頃の生活はどうだったのですか？」

敵対関係から休戦状態に移行した直後、二人はどんな毎日を送っていたのだろう。やはり晴海とアライアの興味はそこにあった。

「ウッ」

少しの間真面目だったクランの顔が強張り、再びその頬が紅潮を始める。そしてやはり先程と同じように、晴海の視線から逃れようと顔を背けた。

「……そ、それはその、仕事が忙しかったから……ベルトリオンが、やってくれていたというか……やって貰ったというか……」

「じゃあ、本当に最初から里見君にやって貰っていたんですね。お洗濯もですか？」

食事や掃除までなら晴海にも分からなくはない。だが洗濯もそうなのか。プライベート用の衣類、特に下着を男性に洗わせるのは、晴海には勇気の要る行為だった。

「……うっ、ううぅ……」

クランは言葉にして答える事が出来ず、真っ赤な顔のまま頷いた。そしてそのまま俯いてしまう。今のクランにはそれが女の子として駄目な状態であるという事が分かるようになっていたのだ。

「でも……よく敵だった人にお洗濯までして貰っていましたねぇ?」

「仕事が忙しかったとか、箱入りで育ったせいで意識していなかったとか、原始人だと思っていたとかが、大きな要因ではあるんですけれども……そのぅ……」

「その?」

「どうせ元の時代に戻ったらやっつける相手だから、いいかなって……」

「まぁ!」

当時のクランは元の時代に帰ったら孝太郎を倒すつもりだった。だから死人に口なし、どうせやっつける孝太郎になら何を見られても良いだろうと考えていたのだ。これは流石に晴海の想定外の言葉で、聞いた途端に彼女は目を丸くした。

「いっ、今は分かっていますのよっ、あれがどれだけ情けない事だったのかが!!　あれからの日々で、きちんと分別がつくようになりましたの!!　今は全然違いますのよっ、ハル

「………ふふ、ふふふふっ」

だが慌てふためくクランの姿を見ているうちに、まん丸になっていた晴海の目は少しずつ元の大きさに戻り、やがては細められた。そして目が細められた時から、晴海は楽しそうに笑い始めた。

「ふふふふっ、安心して下さいクランさん。ちゃんと分かっています」

「ほ、本当に？」

「はい。誰だって未熟な時期はありますもの。私だって、みんなと演劇をやるまでは他人に話しかけるのが苦手でしたよ？」

「そうでしたの、あなたも………はぁ………良かった………」

クランは大きく息を吐き出しながら、胸を撫で下ろした。色々な事が重なった結果、今のクランにとって晴海は一番仲の良い友人だった。その晴海に嫌われたくなかったので、幼さゆえの愚かな過去は明かしたくなかった。だが過去を明かしても晴海はクランを嫌いにはならないでくれた。研究室にこもって一人で生きてきたクランだから、その安堵感は決して小さくはなかった。

「ふふ、ふふふっ」

ミッ!!」

「ハルミ?」

気持ちが落ち着いた事で、クランの意識が再び晴海に向く。晴海の笑い声が耳に届いていた。クランが目を上げると、晴海はやはり笑顔だった。晴海は何故か、先程からずっと笑い続けていた。

「どうしてクランさんが里見君に雑に扱われると怒るのか、それが分かったような気がするんです」

「えっ……………」

今度はクランが目を丸くする番だった。その真の理由については、これまで誰にも話した事がなかったから。

「不安だったんですね。里見君がクランさんを雑に扱うのは、昔のクランさんの事が原因なんじゃないかと思って」

「ッッッ!?」

クランはこの時、心臓を鷲掴みにされたかのような感覚を味わっていた。晴海の指摘は正しかった。クランが孝太郎から荒っぽく扱われるのは、昔の自身の行動が原因なのではないか――――クランはそれがいつも不安だった。しかも孝太郎は度々クランの過去の行動を引き合いに出してからかうから、尚更そうだった。

「あ、あのっ、ハルミ、わたくしは、あのぉっ!!」

本音を知られたクランは完全に取り乱していた。キリハ辺りは気付いていて黙っていただけなのかもしれないが、この本音を知られてしまったのは初めての経験だった。この本音は自分の欠点を認めると同時に、大好きな男の子への深い愛情を認めるものでもある。出来れば他人には知られないままにしておきたい種類のものだった。

「安心して下さい、クランさん。この事は絶対に秘密にしますから」

「あ、あうぅ……………」

「それと、こっそりお手伝いします。いずれクランさんの不安が消えるように」

「………ハルミ………」

「その代わり、クランさんも手伝って下さいね。私の不満が解消するように」

「あなたには敵いませんわ、ハルミ………まったく………」

今の晴海にとっても、クランは一番の友人と言えるだろう。だから晴海の優しさはクランにも無償で注がれる。クランはそれを感じながら、こういう晴海が友達になってくれた事に対して、感謝の念を禁じえなかった。

　それからクランは晴海に問われるままに孝太郎との日々を話した。そこはフォルトーゼといっても二千年前の世界。クランにとっても異邦の地だった。だから成り行きで協力しているとはいえ、同じ時代から来た孝太郎の存在はクランにとって大きな支えとなった。その事がクランの気持ちを少しずつ変えていった。

「わたくしが変化を自覚したのは……やっぱりアレですわね。マクスファーンが井戸に毒を――ウィルスを撒いた時ですわ」

「あの時ですか……わたくしが知らない事があったんですね？」

「わたくしは歴史を守る為に、毒が撒かれるのを見て見ぬふりをしようとしましたの。そうしたらベルトリオンは烈火の如く怒って……」

「それはコータロー様らしいですね。ふふふ……」

　孝太郎に対する考え方が完全に変わったのは、やはりマクスファーンが毒を使った時の事だった。自分達が元の世界に戻る為に、目の前の命を見殺しにするのは間違っている。皇族がやって良い事ではない。孝太郎のそんな言葉はクランの胸に鋭く突き刺さった。孝太郎がクランに皇族としての正しい道を示したのだ。その時からクランは孝太郎に対する評価を改めた。皇族以上に誇り高く、あくまで正道を貫く、騎士の中の騎士であると。

「でも、自覚したら自覚したで問題だったのでは？　下着の洗濯問題なんかは、どうなさったんですか？」

「………それ以降は地獄でしたわ。自覚した時点で自分でやると言い出しても、今更というか………不自然というか………」

「それもそうですよね………じゃあ、何もかも分かった上で、それでも里見君に洗って貰っていたんですね」

「ああぁぁあぁぁっ、あの頃の記憶を消したいですわぁぁぁっ!!」

クランは頭を抱えて悶え苦しむ。孝太郎を尊敬すべき人間と認め、それゆえ殺せなくなってしまった上で、なお下着を洗わせたりしなければならなかった。それを止めてしまえば、あなたに対する評価が変わりましたと告白するに等しかったから。

「でもフォルトーゼの人間では最初で最後だと思いますよ」

「へっ？」

「伝説の英雄レイオス・ファトラ・ベルトリオンに下着の洗濯をさせた皇族は、後にも先にもクランさん一人だけです」

「いっ、いやあああぁあぁぁぁぁっ!!　お願い誰かぁぁぁぁっ、この記憶を消してぇえぇえっ!!」

それはクランの人生で最大の汚点だろう。伝説の英雄で、しかも想い人。そんな人間に下着の洗濯を始めとするありとあらゆる家事をさせていたのだ。一人の女の子としては絶望的な過去だろう。そうした事からすると、クランが孝太郎から雑に扱われる事に対して不安を感じるのも無理もないだろう――――晴海はクランの気持ちが想像できるようになっていた。クランは敵だったというだけでなく、女の子と思われていないのではないかという不安も抱えていたのだ。

「でも不幸中の幸いというか、その期間は短くて済みましたよね？　新生フォルトーゼ正規軍が出来ましたから」

「そ、そうですわ。そうでなければ、今頃わたくしはここで首を吊っておりましてよ」

クランの孝太郎に対する意識が変わり始めたのに前後して、アライアはパルドムシーハ領に辿り着き、国を取り戻す為の軍を組織した。おかげで衣食住は組織的に提供されるようになり、孝太郎がクランの下着を洗濯する事はなくなかった。結果的に見て、今のクランにとって悪夢と言うべき状況は一ヶ月もなかった事になるだろう。

「ふふふふ………じゃあ、衣食住の残りの二つ、食事や住む場所なんかはどうだったんですか？」

クランの動揺ぶりをみて可哀想に思った晴海は話を先へ進めた。するとクランは一度長めに息を吐き出し、表情を緩めた。

「食事は洗濯程ではないですけれど、ベルトリオンが主にやってくれていましたわ。慣れないフォルトーゼの食材に苦労していたようですけれど……不味いものは出て来ませんでしたわ」

食事に関してはクランも保存食を提供したりしていたので、洗濯問題のように一方的に孝太郎の世話になるような状況ではなかった。だから話しているうちにクランの表情は普段のそれに戻っていた。

「里見君はどんな料理を作ってくれたんですか?」

「うーん……シンプルなものが多かったですわね。シェフではない普通の男性でしたから、それで当たり前なのではないかと」

クランは晴海に求められるまま、孝太郎の料理を順番に話していった。クランの記憶では食材の手に入り易さから、野菜や鶏肉を使った料理が多かった。魚も種類は固定気味だが時折出て来た。主食はイモ類やパンで、どちらも素焼きに近い代物だった。移動中だったので調味料や食材が限られていたのだ。

「すぐにパルドムシーハ領に着きましたし、それ以降は軍が食事を用意してくれるようになりましたから、バリエーションの少なさは気になりませんでしたわ」

「へぇ……里見君がそれだけお料理できるって事は、これからは出す物に気を付けないといけないなぁ……」

「あの男は軍と一緒に常に移動していましたから、わたくしが食べなくなった後も技術は向上している筈ですわ」

「なるほど……とても参考になりました」

孝太郎の料理の技術がどの程度なのか、得意分野はどれなのかという情報は、晴海にとって非常に重要な情報だと言える。孝太郎の得意な分野は孝太郎にやってもらい、それ以外を晴海がやるのが一番楽しくなる筈だと考えているのだ。晴海は一方的にお世話をしたいとは思っていない。時には立場が入れ替わる方が、楽しく幸せに暮らせるだろうと考えていた。

クランが晴海に聞かせてやれる話は、二千年前の話がほぼ全てだった。そこから先に関しては期間が極端に短いのと、エルファリアやキリハなどの騒動があったので、二人であたふたと対応していただけというのが正直な感想だった。クランがこれで終わりかなと考えていた頃、不意に晴海が遠慮がちな様子である質問をした。

「ところでクランさん、ちょっと……大胆な事を訊いてもよろしいでしょうか？」

「構いませんわよ。なんですの？」

クランは深く考えずに頷く。だがそうしてから気付いた。晴海の頬が軽く紅潮しているという事に。早まったかもしれない――クランがそう思った時には、晴海はもう質問を口に出してしまっていた。

「ええとぉ……クランさんと里見君が……寝る時なんかは、どっ、どうなさっていたんですかっ？」

その時の晴海は顔を紅潮させていただけでなく、目が泳ぎ、落ち着きなく両手の指をこねくり合わせていた。恐らく普段の彼女を知る者が見れば驚いただろう。普段の落ち着いた印象はそこにはなく、代わりにただ照れ臭さと羞恥に身を捩る姿がそこにあった。

「どっ、どうって……」

そしてこの時の晴海の質問はクランを大きく動揺させた。この質問は晴海だけでなく、クランにとっても重要な意味を持っていたのだ。

「お二人はずっと一緒だったじゃありませんか。旅の途中も一緒に寝起きしていましたし、軍と行動するようになってからも同じ部屋で……」

「そっ、それは成り行きですわっ！　騎士と従者という触れ込みでしたでしょうっ？」

「……たとえそうであっても……その、夜に二人きりになって……どんな事をなさっていたのか……どんな話をなさったのかとか……二千年前の記憶にはない部分ですから、気になってしまって……」

誰にも邪魔される事なく、孝太郎と二人きりで夜を過ごす。六畳間の少女達の中で、クランだけがそれを豊富に経験していた。クランは過去へ行ってから帰ってくるまで、その殆どの夜を孝太郎と二人きりで過ごして来たのだ。だからそれがどんなものであったのかを、晴海が知りたいと思うのは仕方のない事だろう。

「最初は敵対を止めた直後であまり話す事もなかったですしっ、以降はトラブルの連続で終始相談していたような感じですわっ！　あなたが期待なさっているような特別な事は少しも……少し、も……」

最初はお互いのベッドの間に仕切りを用意するぐらい遠い関係だった。クランは孝太郎に寝顔を見られるのが嫌だったのだ。

「なかったんですか？」

「……少しだけ、なら……」

だが時間が経過していくにつれて、仕切りを使わない事が多くなっていった。仕切る手間と、仕切った事で得られるものが釣り合わなくなったのだ。信頼関係が出来てからは、むしろ孝太郎の顔が見えていた方が安心だった。

「ベルトリオンの寝顔が見えるように、内緒でベッドの配置を変えたり、とか……」

「分かります。私も同好会の椅子の位置をこっそり変えたりしました」

やがて孝太郎に親近感を抱くようになると、クランは夜中に自分のベッドを抜け出して孝太郎の寝顔を見に行ったりもした。そして孝太郎が同じ事をした時の為に、化粧をして寝ようかと本気で考えたりもした。

「夜中にこっそり、ベルトリオンの寝顔を見に行ったり……そのぉ……ね、寝息が、かかるほどの距離まで……」

「危ないですよ、里見君寝相が悪いから。捕まったら大変でしたよ？」

「………」

「……捕まりたかったんですね？」

「……あうぅぅ」

晴海だけでなく、クランの表情も紅潮していた。二人はその状態で向かい合い、話を続けている。どちらも居心地が悪そうにもかかわらず、話を止めようとはしない。やはり二人にとってこれは特別な話題だった。

「ずるいなぁ、クランさんは……私もやってみたいです、そういうの……」

「そっ、そういうハルミはどうですのっ⁉　わたっ、わたくしが知らないベルトリオンをっ、知っているのではありませんのっ⁉　現代の学校の話とかっ、過去の収穫祭の話とかっ、詳しく訊きたいですわ‼」

「えっ、ええとぉ……そのぉ……」

自分は恥ずかしい話をしたのだから、晴海の話を聞くまでは帰れない。クランは絶対に晴海の恥ずかしい話を聞いて帰るつもりだった。

クランは彼女自身が地球へやってくるまでの孝太郎の事は知らない。クランが来たのは孝太郎が一年の時の文化祭の直前なので、晴海に比べると半年ほど出会ったのが遅い。その半年間の事は常々気になっていた。話題に参加できないケースも多かったのだ。また過去の世界において、孝太郎とアライアが二人きりだった事が何度かあった。その時の事にも興味があった。

「……私が里見君と出逢ったのは、同好会の勧誘の時で……」

「同好会……確か編み物の、でしたわね？」

「はい。私が強引な男の人に絡まれている時に、里見君が助けてくれたんです」

晴海はクランに乞われるまま孝太郎との想い出を話し始めた。自分は聞いてしまってい る以上、話さない訳にもいかない。また自分の事を友達のクランに知って貰いたいという 願望もあった。出会う前の自分をクランに知って貰う良い機会だったのだ。

「絡まれるって、どういう事ですの??」

「ああ、ええと……同好会に入会するから、付き合ってくれないか。そういう事を言っ てくる方がいらっしゃったんです」

「何処にでもいますのね、その手合いは……しかし、やっつけて追い返せばよろしいの ではありませんの?」

「あはは、その頃はまだ魔法が使えませんでしたから」

「魔法が使えないと、あなたには難しそうですわね」

「だから正直、来てくれた里見君が……えと、王子様に見えた、というか……」

「ふふふ、騎士ですのにね?」

「……あ、えと……あははは……」

照れて赤い顔のままの晴海とは違い、クランは少しだが笑顔を覗かせていた。もう自分 の大事な想い出を話す必要はないので、晴海の話を面白がるだけの余裕が出て来ていたのだ。

「その同好会ですけれど、活動は何人でやっておられましたの？」

「…………えと、里見君と私、二人きり、です…………」

「なぁんだ、ハルミだってベルトリオンと二人きりで何ヶ月も過ごしていたんじゃありませんのぉっ」

「でもあれは同好会の活動ですから…………」

「わたくしだって公式な活動の最中の話でしてよ」

晴海の話はクランにとって興味深い内容だった。やはり異国の地、しかも違う星の出来事なので、その恋愛事情は気になるところだった。また自分と同じくらい奥手な晴海の恋愛事情という意味でも興味があった。

「それで、何かベルトリオンにアプローチはしましたの？」

「無理です無理です!!　色々あったおかげで好きにはなっていたんですけれどっ、同世代の男の子なんてっ、あの頃は未知の生き物でしたからっ!!」

「気持ちは分かりますわ。…………わたくしの場合は、男性だけでなく他人そのものが未知の生き物でしたけれども」

「…………少しずつ頑張ってみたんですけど…………慣れない事ですから、こう、回りくどくなり過ぎてしまって……効果は全く……」

クランと出逢う前だけでなく、出逢ってからも、晴海はしばらく孝太郎に気持ちを伝えられないでいた。今もよく覚えている。例えば昨年のバレンタインデーには、晴海は孝太郎にチョコレートを手渡した。だが本命だと言って手渡した訳ではない。義理チョコに偽装して手渡したのだ。男性とのかかわり方に不慣れである事や、生来の引っ込み思案がその原因だった。今は様々な事があった結果として、晴海の気持ちが孝太郎に伝わっている訳なのだが、当時はどうしたら良いか分からずもどかしい毎日を送っていた。

「あの男は幼い頃の経験から他人はいずれ離れていくと考えておりましたから、あるいは薄々気付いていたのに無視していた、という場合もあるかもしれませんわよ」

「そうかもしれません。なにかこう、ぎりぎりのところで壁のようなものがあったような気がします」

「でも……みんなで強引に突破してしまいましたわね、その壁」

クランは笑う。するとその額にオレンジ色に輝く剣の紋章が浮かび上がった。かつては晴海の額にしかなかったその紋章は、今では他の八人の少女達の額にも刻まれている。少女達が孝太郎の心の中にある壁を突破し、受け入れられたからこそ、剣の紋章は少女達の額に刻まれる事となった。結果的に見て、紋章は孝太郎と少女達の今の関係を象徴するものであると言えるだろう。

「はい。だから今は……以前のもどかしさが嘘みたいに幸せです」

　晴海も笑う。今の晴海には孝太郎と気持ちがしっかり繋がっている自信がある。これは紋章が心を繋げているから、という意味ではない。今の晴海には紋章が無くてもそうであると自信を持って言う事が出来た。

「羨ましいですわ、あなたが。わたくしにはそこまでの自信が持てませんわ」

　クランは晴海とは逆に表情を曇らせていた。クランは額に紋章が刻まれてなお、自分と孝太郎との関係に自信が持てないでいたのだ。

「そんな事ありませんよ。里見君はクランさんの事が好きです」

「そこを疑っているんじゃありませんの……ただ、女性として見られていないのではないかと、それが不安で……」

　クランも自分が孝太郎に大事にされている、愛されている事は分かっている。そうでなければ額に紋章は刻まれなかっただろう。だがそれが一人の女の子として、という意味かどうかは自信がなかった。あの戦いの時はともかく、後で冷静になるとそう感じるようになっていたのだ。これはかつて敵対していた事や人格的に未熟であった事、そして日頃雑に扱われている事が原因だった。

「気にし過ぎじゃありませんか？　あの時、里見君はちゃんと私達の事を一人の女の子として好きだって言って下さったじゃありませんか」

「あの状況では、わたくしだけは微妙に違うなんて言っている余裕はありませんもの」

「クランさん……」

クランの不安は晴海が想像していたものよりもずっと深いものだった。孝太郎とのこれまでの関係が、クランを不安の檻に閉じ込めているのだ。愛しているし、愛されているし、それを確信しているが、女の子として求められている確信がない。それこそがクランが孝太郎の雑な扱いを嫌がる真の理由。そこさえ確信出来ていれば、クランはどんな扱いでも笑顔だったろう。晴海がそうであるように。

「そんな事より、あなたの話ですわ！」

晴海が心配そうな顔をしている事に気付き、クランは笑顔に戻って話題を修正した。晴海にそういう顔をさせるのはクランも本意ではないのだ。

「クランさん……」

「あなたの話を聞けば、わたくしの悩みも解決するかもしれませんわ！」

「分かりました……それで何をお話ししましょうか？」

晴海の方もクランの気持ちを無駄にするつもりはない。晴海も気を取り直し、元の笑顔に戻った。

「現代の話は聞きましたし、ここはアライアさんのお話も聞かせて下さいな」

「分かりました、わたくしの話をすれば良いのですね」

晴海とアライアにとって、クランは孝太郎とはまた別の意味で例外的な存在だ。同じ皇女であり、同時に友人でもある。そして過去の世界の想い出を共有している。様々な意味で気持ちを共有できる相手と言えるだろう。だから二人はすぐに、少し前までの楽しげな空気に戻る事が出来た。

「……コータロー様は、あの頃のわたくしからすると不思議な方でした」

「元々二千年先の世界の人間ですものね」

「それもあるのですが、なんというか……皇女として扱われつつ、それでいて距離感が近かったというか……親身になってくれるというか……」

アライアにとって不思議だったのは、孝太郎のものの考え方だった。孝太郎は常に騎士(きし)の中の騎士であったが、時折その枠(わく)を大きく飛び越(こ)える。その最たる例は、アライアが国民の命や幸せを守る為に、マクスファーンとの戦いを断念しようとした時の事だ。普通(ふつう)の騎士であれば主君の正当性を訴(うった)え、徹底抗戦(てっていこうせん)を主張しただろう。だが孝太郎はアライアの考えに理解を示し、そこにも正当性があると言ってくれた。気持ちまできちんと思(おも)い遣(や)ってくれる騎士など、アライアは孝太郎以外に知らなかった。

「それはティアミリスさんが皇女のままでベルトリオンと激しい関係を築いた事と、ベルトリオンがハルミと仲が良かった事の、両方の影響だと思いますわ」

「今はわたくしもそう思います。でもあの時はそんな事は分かりませんから………」

「ただただ好きになってしまった?」

「………シャルルを背負って走り回っているお姿が、日常的になった頃には………」

求めている人が現れた――アライアがそう確信するようになるまで、あまり時間はかからなかった。孝太郎の姿を眺めていると、支え合える、愛し合える人が現れたという気持ちが強まっていった。アライアの気持ちを動かしたのは、もちろん彼女自身との関係が一番大きな要因だろう。だが孝太郎とシャルル、周囲の人間との関係もアライアの気持ちに大きな影響を与えていた。自分の世界に足りなかったパズルのピースが、かっちりと嵌ったような気がしたのだ。

「ふふ………伝説は正しかったんですのね」

「伝説?」

「フォルトーゼに伝わるあなたの伝説では、あなたは収穫祭のダンスパーティの頃からあの男を愛するようになっていたという事になっていますの」

「ああ……確かに、大まかにはそこで合っていると思います」

「これはつまり、周囲の人間にバレバレだったたって事ですわよ」

「まぁ……」

アライア――晴海は遠い目をして懐かしそうに話をしていたのだが、ここで一気に顔を赤らめ話を途切れさせた。当時の自分の感情が周囲に筒抜けであったというのは、思いもよらぬ話だった。今頃それに気付かされ、恥ずかしくなってしまう晴海だった。

「シャルルさんの手記に記述があるそうですわよ。二人だけで出掛けた収穫祭で何かがあったに違いないって」

「もうっ、シャルルったらっ!!」

「当時の兵士達の日記にもチラホラと出て来ているみたいですわよ。鋼鉄の巨人を退けたあたりから空気が変わり、竜との戦いの頃には決定的になっていたと」

「ああっ、そんな風に見られていただなんてぇっ」

晴海は恥ずかしさに耐え兼ね、逃げるように真っ赤になった顔を伏せた。幾ら伝説の皇女であっても、この時ばかりはただの女の子だった。

「それで……実際ベルトリオンと、何があったんですの？」

「ううっ」

クランはメガネをきらりと輝かせ、晴海に迫る。アライアの部分が働いている時の晴海には、全くと言っていい程隙がない。それが今は嘘のようだ。チャンスとばかりにクランは積極的に押した。

「わたくしには話をさせたのに、教えないつもりですの?」

「あ、あの……うぅ……わかりましたっ、わかりましたぁぁん、もぉぉっ!!」

晴海はまるで普通の女の子のように羞恥に身悶えた後、結局は話す事に決めた。やはり自分だけ話さない訳にはいかなかった。

「実は二人でお互いの悩みを打ち明け合ったのです。あの時、コータロー様は戦いが苦手だと仰って……」

「らしい言葉ですわね……それでアライアさんは何を?」

「民の生活を逼迫させてまで、国を取り戻す戦いをしても良いものか、と」

「それは……悩みの大きさが釣り合っていませんわよ?」

クランは目を丸くする。それはアライアの立場と置かれた状況からすると、本当に気を許した相手にしか出来ない特別な話だった。アライアが孝太郎を誰よりも信頼していたという証明と言えるだろう。

「釣り合っていますよ。本質的には同じ話ですから……」

「ベルトリオンは何と?」

「騎士はたとえ剣が折れようとも、誓いを守り通せたのであれば、剣が折れたとは考えないと。国民の安寧を守るという誓いの為であれば、戦いを起こさなくても構わないと」

「それは………決定的ですわね」

「………はい………この方しかいないと、思いました………」

晴海は今もはっきりその時の事を覚えている。孝太郎は晴海――――アライアの気持ちを分かってくれた。正しいと言ってくれた。そしてその事で地位を失ったとしても、変わらず主君のままであると言ってくれたのだ。それはアライアの望む以上の答え。彼女が孝太郎への気持ちを確かなものとするのに十分な出来事だった。

「でも………それがわたくしとコータロー様の間にある壁でもありました」

「壁?」

「クランさんと同じです。わたくしも普通の女の子扱いはされていません。どうしてもお姫様という壁があるんです」

「お姫様………」

これは晴海とアライア、双方に共通した問題だった。尊敬すべき先輩、大事なお姫様、そうした評価が邪魔をして、孝太郎は彼女を一人の女の子として見ていなかったのだ。本人は見ているつもりなのかもしれないが、晴海には差があるように感じられた。かねてより静香や早苗のようには、扱って貰えていないような気がしていたのだ。

「だからクランさんに教えて欲しかったんです。コータロー様にお姫様扱いされない為には、どうしたら良いのかという事を」

孝太郎は明らかに、クランをお姫様扱いしていない。賢治に対するそれに近いように思えるのだ。晴海はクランがどうやってその地位を築いたのか、その部分に大きな興味があった。だから晴海――そしてアライアは、クランの話を聞きたがったのだ。

「お姫様は大事にされ過ぎる……わたくしは雑に扱われる……」

「さっきのお話は大変参考になりました。多分、わたくしとクランさんは、お互いの中間を目指すべきなのだと思います」

晴海の感覚では、クランと自分の中間あたりに理想の状態があるような気がしていた。晴海にそう指摘されると、クランは大きく頷いた。

「中間を……確かに、そうかもしれませんわね……」

クランは単純に晴海やアライアのように尊敬されたい、愛されたいと思っていた。しかしアライアの話を聞いた後では、確かに中間を目指すべきであるように思えた。

――落ち着いて考えれば、わたくしも完全なお姫様扱いは望んでいない……むしろ時には………。

だがそれは簡単な事ではない。クランは腕組みをして考え込んだ。そして晴海の方も、軽く眉を寄せてクランと同じように考え込んでいた。

――――私とクランさん、双方の悩みが解決する方法はないものかしら………。

晴海は今よりもクランよりに、クランは晴海よりに扱われたい。そういう両者の願望を実現する方法があればいいのだが、そんな革命的なアイデアがすぐに出てくれば苦労はない。出て来ないからこその悩みだったのだから。

「………いっそわたくしとハルミが入れ替わってしまえば、問題点も分かり易くなっていくのでしょうけれど………」

しかし二人が必要としていた革命的なアイデアは、あっさりとクランの口から飛び出した。それを耳にした瞬間、晴海の表情は明るく大きな笑顔に変わった。

「そうですよクランさん！　試しに入れ替わってみましょう！」

「へっ？　なっ、何を仰っていますの？」

「わたくしとクランさんが入れ替わるんですよ!!　わたくしとクランさんが力を合わせれば、きっと出来ます!!」

クランは現実的ではないと思っていたのだが、晴海はそうは思わなかった。晴海の魔法とクランの科学、その双方を使えば短時間なら可能だと考えたのだ。多くを騙す必要も、長時間である必要もない。騙せばいいのは孝太郎一人きりで、持続時間も短くて構わないのだから。

晴海とクランの入れ替わり計画はシンプルだった。まずクランが立体映像と合成音声を用意し、それぞれの姿と声を変更する。身体の外側に立体映像の着ぐるみを着るという表現が、一番感覚的に近いだろう。そしてそこでどうしても生じてくる不自然さを、晴海の魔法で和らげる。しっかりした幻覚魔法を使う程ではなく、感覚をややぼやけさせる程度なので、魔力は長続きする。あとは孝太郎の勘がどこまで鋭いかが問題だろう。二人の変装は完璧に近いが、孝太郎が不審に思って霊視をしてしまうとそれまでだった。

「ベルトリオンは別に鈍いという訳ではありませんから、要注意ですわね」

晴海の姿と声をしたクランが、両手を腰に当てて厳しい表情でドアを見つめる。それは皇宮の中にあるゲストハウス、そのリビングルームの入り口のドア。スケジュール表によれば今日の仕事は終わっている筈なので、ドアの向こうには孝太郎がいる筈だった。

「逆に隠したい事に気付いてしまう時もありますよね」

クランの姿をした晴海は、メガネの位置を直しながら頷いた。使い慣れないメガネがしっくりこないのだ。メガネのような小物は立体映像にすると処理の複雑化に繋がるので、晴海はクランから本物を借りた。だからメガネの扱いを間違うと孝太郎に気付かれてしまうので注意が必要だった。

「なるべく試してみたい事は急いだ方が良いと思いますわ。不自然さが出ない範囲で」

「私はそういう決断は遅い方です。踏ん切りがつかないというか……」

「それはわたくしもですわ。しかし今回ばかりは頑張らない事には、折角の機会を失いますもの」

「……がんばります」

二人が姿を入れ替えた理由は、それぞれの視点や立場を体験する為だった。そうする事で、どうして孝太郎との関係に違いが出るのか、その理由を掴もうというのだ。理由を掴む為には攻めの姿勢が必要だが、気付かれるほど攻めてもまずい。だからといって攻めなければ入れ替わった意味がない。ここは姿が入れ替わっている事を心の支えにして、頑張るべき局面だった。

「そろそろ行きますわよ、ハルミ――――って、違いますわね。そろそろ行きましょう、クランさん」

「は、はい。では早速（さっそく）――」

「駄目（だめ）ですよ、クランさん。クランさんは普通ノックはしないんです」

「そ、そうでしたわね。じゃあ……」

覚悟（かくご）を決めた二人は無造作にドアを開け、孝太郎がいる部屋に入っていく。まだ何もしていないのだからバレる心配はないのだが、二人の心臓はドキドキと高鳴っている。それはバレると困るという心配だけでなく、本当に欲しいものを体験できるかもしれないと期待しているからだった。

晴海がクランと二人で歩く時は、クランの真横かやや後ろを歩くのが普通だ。これは高い地位にあるクランを重んじての事だ。きちんと礼儀（れいぎ）を教えられて育ったので、晴海はクランを友達だと思いつつもフォルトーゼでの地位を尊重する。最近はクランの要望で真横にいる事が多いが、前に立つ事は殆どない。だから晴海がクランを先導して歩いているのは非常に珍（めずら）しい状況だった。

「……何だか畏れ多い気がするんですけれど」

「今更何を言っているんですか！　ホラッ、ベル――おほんおほんっ、サトミ君がこっちを向きますよ！」

　思っていた通り、部屋には孝太郎の姿があった。孝太郎は一人でソファーに座り、テレビ――に相当する大型端末――を眺めている。他には誰の姿もない。晴海とクランの要請で、他の少女達にはしばらく席を外して貰っているのだ。その対価はこの時の部屋の様子を中継して全て見せる事。実は他の少女達も、今のこの部屋の様子を固唾を呑んで見守っているのだった。

「おう、お前と先輩だけか」

　孝太郎はソファーに座ったまま振り返り、クランの姿をした晴海に視線を向ける。すると晴海は早速いつもとの違いに気が付いた。

　――やっぱり、目が少し違う……ふふふっ、里見君ったら、クランさんの事はいつもこんな風に見ているのね……。

　気付いた違いは、孝太郎の目の奥にある輝きだった。晴海が知っているのは、もっと柔らかく優しい光。言ってみれば春先の日差しのような輝きだった。しかし今、クランの姿をした晴海に向けられている輝きは、真夏の日差しを思わせる元気で強いものだ。その強い日差しに焼かれる事を望む晴海だから、思わずにっこりと笑顔が零れてしまった。

「お前急にどうした？　一人でにやにや笑って」

「あっ………」

晴海が笑えば、身体を覆っているクランの立体映像も笑顔になる。孝太郎にしてみればクランが部屋に入って来て急に笑い始めた訳なので、首を傾げざるを得ない。これがゆりかや早苗であれば、不思議でも何でもなかったのだろうが。

「なっ、なんでもないで………えと、なんでもありませんわ！　わたくしにも機嫌がいい日ぐらい、ありますのよっ！」

晴海は必死になって取り繕う。部屋に入るなり発生した小さなトラブル。こんな事で終わりになる事だけは避けたかった。

「でもお前さっき凄い怒ってただろう？」

もし相手が晴海であったら、ここで話は終わっていただろう。だが相手がクランであった事で、孝太郎の追求が続いてしまった。今日は朝から、孝太郎とクランはメガネを探しながら口喧嘩が絶えなかったから。

「あっ、えと、それは………」

「んん？」

矛盾を指摘され、思わず口籠る晴海。そんな晴海のリアクションは、普段のクランと似たり寄ったりではあるのだが、やはり前後の繋がりが不自然だった。何かトラブルがあったか、それとも何か妙な事でも始めたのか。孝太郎はクランの姿――をした晴海――を見ながらそんな事を考え始めていた。

「そんな事よりサトミ君、ちょっと教えて欲しい事があるんですけれど」

「ああ、構いませんよ」

しかしクランの機転が晴海の危機を救った。昔は嘘や陰謀を頼りに生きていたクランなので、真面目になった今でも晴海よりは多少こうした局面に強い。また晴海の姿に絶対的な信頼も置いていた。コンプレックスの深さが、そのまま反転して晴海の姿への信頼に繋がっていたのだ。

「ふぅ………」

孝太郎の意識が自分の姿をしたクランに移った事で、晴海は一息つく事が出来た。孝太郎にとって晴海のお願いは最優先事項。おかげでクランの姿をした晴海への疑惑はすぐに霧散していた。

――クランさんの人生って、展開が早過ぎるんじゃゃ………?

クランになってみて初めて分かった事だが、クランと孝太郎の関係は実に不安定だ。あっちかと思えばこっち、こっちかと思えばそっちというように、孝太郎はクランの都合をあまり考えずに気ままに話したり行動したりしているように見える。それは今の晴海のように、気が抜けない状況が常に続くという事だった。晴海はそれを孝太郎の甘えだろうなと考えている。逆の言い方をすると、孝太郎は晴海とアライアには甘えてくれていないという事になるだろう。

――この絶対的な信頼はどこから？　どうして私にはこういう風に言ってくれないいんだろう？

この謎を解き明かさずには終われない。晴海はクランと話し始めた孝太郎の様子を食い入るように見つめる。これはこれでクランらしくない行動なのだが、幸いな事に孝太郎の注意はクランの方に向いており、晴海の様子には気付く事はなかった。これについては晴海本人と孝太郎の関係性に救われたという事になるだろう。

「ちょっとこっちに来て下さいますか？」

「悩み事かなんかですか？」

「うーん、そうなると思います。私の悩みではないんですけれど」

だがそんな晴海の考えとは裏腹に、晴海の姿をしたクランは孝太郎を連れて部屋の隅に移動してしまった。晴海を除いて、二人だけで話をするつもりなのだ。後に残された晴海は多少残念に思いながらも、必要な事だろうからと思い、離れた場所から二人の様子を見守った。

「どういうことですか？」

「実は………さっきの事で、クランさんが悩んでいるんです。どうしてサトミ君が自分にきつく当たるのかって」

クランは姿が入れ替わった事を最大限活用し、日頃疑問に思っている事を直接尋ねてしまう事にした。晴海がクランを心配しているという構図を装えば、孝太郎に不自然さを感じさせずに質問する事が可能だった。

「しまった………またそれで悩んでいたのか………」

実は孝太郎もクランが抱えている悩みには気付いていた。以前静香に注意された事だったからだ。それ以降はなるべくクランを一人の女の子として扱うように心がけていたのだが、ここしばらくは大きな事件に気を取られて、気配りができなくなっていた。それでどうやらクランを悩ませていたらしい――孝太郎はここでようやくそれに気付いた。

「………やっぱり、クランさんを女の子として見るのは難しいですか？」

晴海の顔をしたクランは、少し離れた場所に居るクランの顔をした晴海を視線で指し示しながら、孝太郎に訊きたくて訊きたくて仕方がなかった事を訊ねた。自分の本来の姿では、きっとこの質問をする勇気は湧かなかっただろう。絶対的な信頼を置いている晴海の姿だからこそ、クランはこの質問を口にする事が出来た。

「先輩、クランには絶対に秘密にして貰えますか？」

「……え、ええ。秘密にします」

「だったら話しますけど……俺は多分、寂しいんだと思います」

孝太郎もクランの視線を追うようにして晴海を見る。この時の晴海が孝太郎達を見つめ返す姿は、クランそのものだった。

「寂しい？　それはどういう事でしょう？」

「俺とあいつは成り行きで相棒のような関係を築きました。ずっとその関係のまま来たんです。だからどうしてもそのままでいて欲しいと思ってしまう。でも……本当はもう、分かってるんです。あいつも女の子なんだって」

何度となく不満を抱えたクランとの衝突があった。その事で、静香やキリハに諭された事もあった。だから孝太郎にももう分かっているのだ。クランも一人の女の子で、このままでは駄目なんだと。

「あいつは一人の女の子として、本気で俺を好きになってくれた。この間の戦いでは俺の為に命を捧げる覚悟までしてくれた。それが出来るぐらいに、俺を好きになってくれたんです」

　クランは他の少女達と共に、シグナルティンとサグラティンを復活させる為に自分の命を際限なく使う覚悟をした。実際に使った命は僅かだったのだが、それはあくまで結果論だ。あの時点でクランは孝太郎の為にならば死んでもいいと明確に意思を示した。幾ら孝太郎であっても、そこまでの覚悟を無視する事は出来ない。孝太郎はそれがクランからの明確な愛情の表明であると分かっていたのだ。

「無視する訳にはいかない。でも俺は、以前のクランも好きだったんです」

「えっ………」

「最初は世間知らずで身勝手だったけど、徐々に自分の未熟さに気付いて。そこから先は不器用ながらも自分を変えようと必死で……俺もそういうところがあったから、親近感が湧いたんだと思います。そのまま頑張って欲しい、幸せになって欲しいって」

　孝太郎は幼年期に、他人を拒絶していた時期があった。そこから抜け出す為に孝太郎は多くの努力を要した。だからクランが自身の欠点に気付き、一人ぼっちの世界から抜け出そうと必死になる姿は無視する事が出来なかった。彼女が変わり始めた時から、孝太郎はクランが好きだったのだ。そして孝太郎が賢治にして貰った事を、クランにしてあげていた。馬鹿にしながらも世話を焼き、決して見捨てなかった。孝太郎は女の子どうこうではなく、その方法しか知らなかったのだ。

「だからもう少しだけ、もうちょっとだけ、そんな風に考えてしまうんだと思います。大家さんには、甘え過ぎだと言われてしまいそうですけれど……」

今のクランは一人ではない。また一人の女性として完成しつつある。だが孝太郎はかつての彼女にも消えて欲しくないのだ。欲張り、甘え過ぎ、言い方は様々だが、かつての彼女が消えてなくなる事が寂しいのだった

「……そんな……じゃあ、扱いがどうこう悩む必要なんてどこにも……」

それはクランにとって予想外の告白だった。クランの悩みは全くの杞憂。かつても今も変わらず愛されていて、孝太郎はその両方を求めていたのだ。

――ベルトリオンは、わたくしの優れた部分だけでなく、全てを求めて……。

それは矛盾した願望であり、だからこそクランの扱いが雑になる。単純な照れ隠しや誤魔化しというだけでなく、彼女のかつてのリアクションを引き出す為には、どうしても必要な事だったのだ。

「良いんじゃないですか、それなら」

「先輩……」

「そういう事情なら、仕方がないでしょう。私の方から上手く言っておきます」

「助かります、先輩」

「ふふ、では早速っ」

晴海の姿をしたクランは素早く孝太郎に背を向け、クランの姿をした晴海に向かって走っていく。中身が入れ替わっているので、実のところ話は必要ない。クランが走っていったのは、このまま孝太郎と二人きりで向き合っていたら、変装を解いて抱き着いてしまいそうだったからだ。クランは一人の女の子として、孝太郎のわがままを受け入れてやりたいと思っていたから、一度離れる必要があるのだった。


晴海とクランはしばらく何事かを話し合っていた。その途中、何度も繰り返し二人の視線が孝太郎の方を向いた。そんな事が数分間続いた後、今度はクラン――の姿をした晴海――が孝太郎のところへやって来た。目的はやはり、本来の姿では訊けない事を訊く為だった。

「……ベルトリオン、何だか良く分かりませんけど……ハルミが絶対に大丈夫だというから、ハルミの顔に免じて許します」

「お前がメガネをなくしたっていうから手伝ってやったのに、許すも何もないだろう」

孝太郎の大きな手が晴海の頭の上に乗る。そしてその手は強い力で晴海の頭にぐりぐりと圧力を加え始めた。

「いたたたっ、痛いですわっ！」

「そりゃそうだ。反省を促すべく痛くしてるんだから」

それは暴力と言う程ではない、ちょっとしたお仕置きだ。孝太郎とクランの間では日常的なやりとりなのだが、晴海にとっては初めての経験だった。

――いいなぁ、クランさんは……こんなスキンシップを毎日……。

孝太郎は上下関係に厳しい体育会系の発想を持つ。その為、晴海に対してはこういう事は決してしない。だからこの初めての体験に晴海は心躍らせ、同時に羨ましいという気持ちが募った。

「……ん？　お前、どっか痛くしたか？」

しかしそれは普段のクランの反応とは違っている。普段のクランであれば馬鹿にするなと言ったり、手の下から抜け出そうとしたりする。じっと動かずされるがままになったりはしないのだ。だから孝太郎は心配になってクランの――姿をした晴海の――顔を覗き込んだ。

「いっ、いえっ、大丈夫ですわ！　ちょっと考え事をしていただけでしてよ！」

晴海は慌ててそう言い繕うと、孝太郎の手の下から抜け出す。個人的にはもっとやって欲しいのだが、そういう訳にもいかなかった。

「考え事？」

「え、えっと……」

苦し紛れの言い訳に、きちんとした理由などない。今度はそこを追求されて困った事になってしまっていた。

――――そうだ、丁度良いからあれを言えばいいんじゃないかな……。

だがこの時は本当に気になっている事があったので、晴海は素直にそれを口にしてみる事にした。いい機会だった。

「実は晴海も悩んでいるようですの。あなたが晴海を大事にし過ぎるって」

「実際大事なんだよ」

「そういう意味ではなく……大事でもティアミリスさんやわたくしには無茶苦茶しますでしょう？」

「お前らは多少手荒に扱っても壊れないからな」

「晴海もそうですわ！　ともかく、晴海の方はそういう事に悩んでいるようですの。大事にされ過ぎて、楽しい事が少なくなっているんじゃないかと」

　クランの姿をした晴海が、自分の悩みを直接孝太郎にぶつける。先程とはちょうど逆の構図だった。晴海の悩みを聞かされた孝太郎は、腕組みをして考え込む。自分が晴海をどう扱っているのか――意識的にやっている事ではないので、自分の行動を振り返るには少し時間が必要だった。

「……確かにその傾向はあるかもしれないな」

　たっぷり数十秒考えた後、孝太郎はそう結論した。思い返してみると、自分でも晴海の事はかなり大事にしていると感じられたのだ。

「そうでしょう？」

「桜庭先輩は身体が弱かったし、性格はおっとりしていて、しかも尊敬できる人だ。俺にとっては、手荒に扱う理由が全くない人だったんだ」

　孝太郎が晴海を大事にする一番の理由は、尊敬できる人だという事だろう。晴海は引っ込み思案な所はあるが、ものの考え方などがしっかりしていて、しかも優しい。合理的な正しい答えはキリハが出すが、人の和を保ったままでの最良の答えは晴海が出す。同好会の会長として人を率いる上で、理想的な人物と言えるのではないだろうか。それを生来の身体の弱さや、性格的に穏やかという点が後押しし、孝太郎は彼女を大事にする訳なのだった。

「それに桜庭先輩の中にはアライア陛下がいる。あの方は特別だよ、やっぱり」

「……………コータロー様………………」

晴海の口から、思わずクランとしてではない言葉が漏れる。孝太郎の言葉にアライアの部分が強く反応していた。

――――やはりわたくしの存在がハルミの足枷になっている……………。身体的な意味だけでなく、心理的にも……………。

しかしその声が小さかったおかげで、孝太郎の耳には届かなかった。だが仮に届いていても孝太郎が気付いたかどうかは微妙な所だ。この時孝太郎は難しい表情で考え込んでいたのだ。

「でも晴海はそれを寂しいと思っていますのよ。あなたの先輩という役割だけでは、足りなくなってしまったというか………………」

「そうだよなあ……………多分、みんなそういう事なんだよなぁ………………」

悩める孝太郎はそう言いながら頭を掻く。クランの悩みと晴海の悩みは、本質的に同じものだ。感情面の変化に伴って、人間関係にも変化が必要になったのだ。だが孝太郎はそれを長い間そのままにしてきた。それが自分のわがままであった事は、流石に孝太郎にも自覚がある。だから孝太郎は、それから数分間悩みに悩み、その上で決断した。

「………仕方ない」

「さと………おほんっ、ベルトリオン？」

「ちょっと待ってくれ。………桜庭先輩、こっちに来て下さい！」

孝太郎は晴海———の姿をしたクラン———を呼ぶ。

「はーい？」

すると軽く首を傾げながらクランが走って来る。何事か理解出来ていないのだ。

「何ですか？」

「先輩、クランの横に立って」

「はぁ………」

「クラン、もうちょい先輩に寄れ」

「こんな感じでして？」

「うん、まあ………そんなところかな」

晴海とクランは孝太郎の行動の意味が分からず、並んだ格好のまま不思議そうに顔を見合わせる。それから答えを求めて孝太郎の顔を見た時、そこに意外なものを見た。孝太郎の顔が照れ臭（くさ）そうに赤くなっていたのだ。そしてそれに気付いた二人が再び顔を見合わせた時、それが起こった。

「あー……ちょっと失礼」

「あらっ？」

「ええぇっ!?」

晴海とクランは驚愕した。顔を見合わせた二人の視線を遮るように、孝太郎の顔が現れたのだ。この時孝太郎は、右腕で晴海を、左腕でクランを、それぞれに抱き締めていた。それこそが悩みに悩んだ末の、孝太郎の結論だった。

「あのー……ですね。二人の悩みは承知しております。もう今までのままではいけないだろうな、という事も分かっております。改善策を検討中ですが急には難しいので、今のところはその……これで許しては貰えませんでしょうか？」

命懸けで愛情を示した人間に対して、何も応えずにそれまでのままで居ろというのは傲慢だろう。しかもそれ以前から大分我慢して貰っていたのだ。とはいえすぐに対応が難しい部分でもある。そこで今でも可能なぎりぎりのところまで気持ちを示し、正直に待っていて欲しいと告げた。それが今の孝太郎に出来る、最大限の譲歩だった。

「……クランさん」

孝太郎の意図を理解した晴海は、そこでクランの名を呼んだ。同時に右手でクランの左手を握り締める。

「ハルミ……………ええ」

それが何を意味しているのかを悟り、クランはその手を強く握り返した。それから二人は同時に、これまで変装の為にやっていた事を終了させた。すると二人は孝太郎の腕の中で元の姿を取り戻す。二人にはもう、変装は必要なかった。

「………あと、出来ればこの事はしばらく忘れていて欲しいなー、などと思ったりしています」

孝太郎は二人の姿が元に戻り、結果として左右が入れ替わった事には気付かなかった。視線は壁に向いていたし、頭の中は今やっている事に集中していて、それどころではなかったのだ。

「ハルミ、どうしましょうか?」

「そうですねぇ、里見君の態度次第ですかねぇ」

「………じゃあ、こんな感じで」

孝太郎は両腕に強い力を込めた。二人が多少痛みを感じてしまう程に。だがそれは晴海とクラン、双方が望んでいる事。大切にされながら手荒に扱われる事、それを同時に満たす唯一の手段だった。

「足りませんよ、これぐらいじゃ」

「これくらいしないといけませんわね」

ちゅっ

だが少女達はそれだけでは満足しなかった。これ以上ないというくらいの近距離、そして気持ちが繋がっている状況を最大限活用して、自身の唇を孝太郎の頬に押し付けた。この機会を逃せば、きっとそうする勇気が湧かなくなると思うから。

「……あ、あのぉ、いきなりそれは敷居が高過ぎませんかね？」

「これぐらいで動揺してどうするんですか」

「そうですわ。慣れて頂きませんと」

二人は多少、大胆過ぎたとは思っている。だが、これを求めているのは事実なのだ。そして孝太郎には動揺する暇はなく、慣れていくしかない事もまた事実。何故ならキスをしたのは晴海とクランの二人だけだが、あと七人の少女がモニター越しにこの状況を見つめているから。二人は確信していた。ほんの数秒後にはドアが弾け飛び、少女達による怒涛の攻勢が始まるに違いない、と。

Episode2 ティアとルースの旅路

暴走したヴァンダリオンが倒されてから数日が経過した頃。フォルトーゼは徐々にだが落ち着きを取り戻し始めていた。ヴァンダリオンに与していたクーデター軍を始めとする各勢力は武装解除して投降、粛々と処分を待っている。やはり国中へ中継された最後の戦いの影響が大きかった。ヴァンダリオンの人を人とも思わぬ言動や巨大過ぎる力を見て、それまで同調していた人々も目を覚ましたのだ。だがそうやって社会が落ち着きを取り戻し始めたおかげで始まった騒ぎもある。それは青騎士の情報を開示して欲しいという、国民達の大合唱だった。

「………後にせい、と言うのは簡単じゃがのぅ………」

「わたくしにも人々の気持ちはよく分かります。わたくしがおやかたさまの正体に気付き始めた時が、まさしくそのような気持ちでしたから」

「わらわもじゃ」

　ヴァンダリオンの歪んだ心と力を、青騎士は人々の意思を束ねた剣で両断した。それゆえ青騎士はこの時代においても、人々の意思の先頭に立つ、真の意味での英雄になった。そしてその英雄は何処からやって来た、どんな人物なのか、国民はそれらを知りたいと熱望した。自分達を救ってくれた人物の事を知りたいと思うのは、無理もない事だろう。

「……うむ、やはりこれは無視する訳にはいかん。あやつの情報は開示してやらねばならんのう」

「ですが、全部開示する訳には………」

「何故じゃ？」

「殿下を始めとする、あれやこれやの恥ずかしい姿が衆目に晒される事となります」

「そっ、そっそっ、それはまずいっ！　だっ、大丈夫そうなものだけに絞ろう！」

「そうなりますと、情報の選別はわたくし達でやらざるを得ませんが」

「仕方がない、手が空いている隙にパパッとやってしまおう」

「すぐに手配致します」

　国民の感情に配慮したティアは、青騎士に関する情報の開示を決めた。ティアやルースがいつも身に着けている腕輪――通信機やコンピューターを内蔵している――は周囲

敵対的な家に生まれた子供は常に攻撃的な言動だったし、大人達も陰口を叩いたり、ティアを利用しようとしたりした。周囲には信頼できる人間は居ない、ティアはこの頃には既にそう考え始めていた。実際はそうでない者も少なくなかったのだろうが、信頼するリスクがあまりにも高過ぎたのだ。

「殿下はわたくしの事をどのようにお感じになられていたのですか？」

「真面目なヤツじゃと思っておった気がする。当時のパルドムシーハ――――そなたの父が馬鹿真面目じゃったから、その影響もあるやもしれぬの」

「ではある程度信用して下さっていたのですね」

「うむ。それにわらわもまだ子供じゃった。本格的に捻くれるのはこの先の事じゃ」

父親に対する評価と、彼女自身の真面目さ、そして代々続く忠臣の家系であったおかげで、ルースはゆっくりとだがティアの信頼を得ていった。また世の中の悪い部分が日に付くと、真面目なルースの評価が相対的に高くなる。おかげで幼い頃のティアは、ルースと二人でいる時は辛うじて笑顔を見せる事が出来ていた。

「やはり二年前………地球へ来る直前のわらわは、殆ど笑っておらぬの」

「わたくしはそれがずっと気がかりでした。しかし言葉で伝えるとおかしな事になってしまいますし………」

「仮に言ったとしても、当時のわらわは聞く耳を持たんかったじゃろう。……苦労をかけたな、ルース」

「いいえ、滅相もない」

成長するにつれて、ティアは笑わない少女になっていった。相手を威圧したり挑発したりする為に笑う事はあるのだが、それ以外の本当に楽しいから笑う事は少なくなってしまっていた。これは歳を経る事で前述の要因がより強く表出した為で、簡単に言うとルース以外の他人を信用していなかったのだ。もちろんルースはそれに気付いており、常々何とかしたいと考えていた。だがティアが背負った皇女という十字架は重く、それを意識しない他人などなかなか現れない。また仮に現れたとしても、ティアがそれに気付いて受け入れるかどうかは別問題だ。これを解決するのはルースといえど困難だった。

「それにしても……そうか、この頃のわらわはこんな目をしておったのか……コータローに怒られてしまう筈じゃな」

「あの頃の状況では、仕方がなかったでしょう。エルファリア陛下は不在がちで、周りが信用できないとなれば……」

「ふふふ、そなたがおったおかげでギリギリで道を誤らずに済んだようじゃの」

「殿下……ありがとうございます」

ティアにとって家族以外の味方はルース一人。ルースも一人っ子であったから、幼馴染みのティアを守ろうと必死になっていた。それが二人の原点だった。

「そんなわらわにも試練の旅に出る時が来た……じゃが正直な所、試練の達成は難しいと思っておったのではないか？」

「いいえ、当初は普通に成功すると思っていました」

「ほう？　何故じゃ？」

「殿下の試練はランダムに定められた地点の侵略ですから、普通に考えると高確率で何もない、誰も居ない場所が目標地点となります。要するにわたくしは形式的な試練だろうと思っていたのです」

「どっこいそうはならなかった」

「あれは驚きでした。目的地が惑星であった事もさる事ながら、まるっきり同じ姿の人間が住んでいる事にも大きなショックを受けました」

「母上が目的地を決めるシステムに細工をしてわらわが地球へ――――コータローの元へ行くように仕向けたのじゃが、当時はそんな事は思いもよらぬでのう」

「正直に申しますと……当時のわたくしは、指定座標に人が住んでいると分かった時、試練の達成は難しいかもしれないと考えました」

「ふふふっ、やはりそうか。今はわらわも同じ意見じゃ。じゃが当時のわらわは簡単だと思っておったし、簡単だと思ってしまうところにも大きな問題があった。もしそなたがおらんかったら、初日で試練は失敗していたであろうな」

ティアに与えられた試練は、ランダムに指定された座標を支配する事だった。加えてそこに住む者があれば、忠誠を誓わせる必要がある。当時のティアは他人を軽視する傾向があり、特に文明が遅れた地球人が相手だと更にその傾向が強くなってしまっていた。そんな人間に誰が忠誠を誓うのか――今のティアにしてみれば馬鹿げた話だが、当時の彼女は力を誇示すれば簡単だと信じていた。だから当時のルースには、ティアの試練が簡単に成功するとは思えなかったのだ。

「こうして人と世界の事を何も知らぬわらわと、幾らか知っているせいで心配で仕方がないそなたが、共に地球へ降り立った」

「そうは言っても、最終的にこういう事になるとは思ってもみませんでしたが」

「わはははっ、あたりまえじゃろうっ⁉　誰がこんな事を予想するっ⁉　キリハでも無理じゃ‼」

ティアとルースが二人で辿った長い長い旅は、こんな風に始まった。その行く手には多くの試練が待ち構えている。だが当時の二人は全くそれに気付いていない。二人はただ運命が導くままに、ころな荘一〇六号室へやってきたのだった。

ティアとルースが地球へやって来たのは、ティアに課せられた皇族の試練を達成する為だった。フォルトーゼの皇族には一定の年齢に達した時に試練を受けるしきたりがある。この試練を達成する事で、皇位継承権者として認められるのだ。簡単に言うと、皇族独自の成人の儀式と言えるだろう。ティアはその為に地球へ向かい、ルースはその護衛として付き従った。だから当時のティアが考えていた事は、さっさと片付けてフォルトーゼへ帰ろうという事だけだった。

「母上はフォルトーゼで孤軍奮闘。じゃからわらわは母上の為に、試練を早々に片付けてフォルトーゼへ帰らねばならなかった」

「お気持ちはお察し致します」

「もっとも……あの時のわらわが帰ったところで、母上の足を引っ張るのが関の山じゃったがのう」

「そんな事は――――」

「ある。自分の事は自分が一番良く分かっておる。あの頃の狭量なわらわでは、すぐに挑発に乗ったり騙されたりと、母上にとってマイナス要素にしかならんのは明らかじゃ」

ピッ

自嘲気味に笑うティアがコンピューターを操作すると、二人が見つめている画面に二年程前のティアの姿が映る。画面の中の彼女は宇宙用の大規模破壊兵器――――反物質砲を持ち出し、高笑いしながら孝太郎達を吹き飛ばそうとしていた。家臣にしなければならない相手に対してすらこの始末なので、敵対的な人間が現れたらどうなるのかは言うまでもないだろう。

「しかし殿下は思い留まられました」

「あくまでそなたに止められたからじゃ。自分から武器を引いたからではない」

ピッ

映像が切り替わる。新たに表示されたのは、ルースが真剣な顔でティアに呼びかけている姿だった。ルースは普段温厚で控え目だが、この時ばかりは黙っていられなかった。放っておけばティアの試練が失敗するだけでなく、地球が滅んでしまう。命に代えても止めねばならない局面だった。そしてルースの必死の説得によって、ティアは武器を収めた。つまりルースが居たからこそ今がある、という事になるのだった。

「それに完全に納得した訳でもないからのう」

ピッ

武器を収めた後もティアは膨れっ面でそっぽを向いていた。この時孝太郎達に事情を説明していたのはルースであり、ティアはただ苛立っていただけだった。

「本当はわらわが説明せねばならんかったのに……情けない……」

試練を受けているのはティアだ。一〇六号室を支配し、孝太郎を家臣にする必要があるのもティアだ。ルースが説明した方が良いような、技術的に複雑な部分があるという訳でもない。なのに実際に話をしているのはルースであり、ティアはその後ろでただ不貞腐れている。それは王者の姿からは程遠いという事を、当時のティアはまるで理解していなかった。二年後の今になると、それが情けなくて涙が出そうだった。

「その結果がこうじゃ。シズカにボコボコにされて、這いつくばらされた。原始人と見下しておった人々に鼻っ柱を叩き折られたのじゃ。いい気味じゃ」

再び映像が切り替わり、瞳を剣呑な色に輝かせた静香が六畳間へ突入していく。ころな荘の大家である静香は、思い遣りや協調性を少しも見せようとしないティア達に激怒。身に着けた空手の技と内在する巨竜の力で騒動を一方的に鎮圧した。倒されたのは自分であるにもかかわらず、ティアはこの静香の大活躍にご機嫌だった。それはティアが、可能であれば過去に戻って自分自身をボコボコにしたいと思っていたからだった。

「見れば見る程、母上がわらわをコータローの元へ送ったのは正しい。コータローに守って貰わねば、簡単にヴァンダリオンの思うままに利用されていたじゃろう」

　ティアは表向きはしきたりに従って地球へ行った訳なのだが、実は母親のエルファリアが裏から手を回し、狙って孝太郎のところへ送り込まれている。これはエルファリアが困難な改革に挑む上で、一番の弱点である娘のティアを守る為の措置だった。当初にそう言われていたらティアは反発しただろうが、今のティアには妥当な措置だと思えた。

「ですが、この敗北をきっかけに殿下は変わり始めました」

「逆立ちしても勝てぬ相手が現れた。戦い以外の解決法が必要になった。………追い詰められてようやくじゃ。未熟者め」

　得意の暴力に訴えれば静香に倒される。だからティアは誰もが納得出来る方法で勝つ必要があった。そして納得の為の条件として選ばれたのが日課のゲームだった。ゲームによる勝負を繰り返し、全員の持ち点を全て奪ったものが一〇六号室を手に入れる。自然と他人との対話が必要となり、それがティアの認識を変化させていった。

「結果として殿下は他人への理解を深め、思い遣るようになっていく訳ですから、わたくしは殿下の成長を感じて毎日が楽しかったです」

「何時からじゃ？」

「はい？」

ティアの問いはあまりに漠然とし過ぎていたので、ルースは首を傾げた。それは本来なら皇女に向ける表情ではないが、ルースがティアを幼馴染みだと思えばこそ、時折顔を出す表情だった。そしてだからこそ、ティアは微笑んだ。

「そなたは何時から、わらわが試練を果たせると思うようになった？」

「夏……サナエ様がゴーストハンター達にさらわれた時でしょうか。はっきりと確信したのはあの頃だと思います」

ティアはあの時、自らの心が命じるままに早苗を助けに行った。本来は早苗を積極的に助ける必要はなかった筈だ。一〇六号室を巡るライバルであったのだから。それはティアが立派な皇族としての一歩を踏み出した瞬間であっただろう。

「ぼんやりとだと何時からじゃ？」

「殿下や皆様の間に流れる空気が変わり始めた、障害物マラソンの後ぐらい……でしょうか」

変化の兆しは夏の前に既に表れていた。生まれや身分とは関係ない、完全な意味での対等なライバルの出現。そしてライバルとの最初の大きな決戦が障害物マラソンだった。その決戦を通じて、ティアとライバル達は少しだけ歩み寄った。ルースはそれをきちんと感じ取っていたのだ。

「殿下は生まれて初めて対等な人達と出会い、戦いながらも友達と呼べる人々を見付けたのではないかと………」

駆け引きとはいえ、他人の気持ちを想像する毎日がティアの心に変化を生じさせ、結果的に彼女を早苗の救出へ向かわせる事になる。それはティアがルース以外に初めて感じた、友情や仲間意識だったのだろう。

「確かに………そなた以外では、初めて出来た友達であったかもしれぬの」

「大変素晴らしい事でございます」

「友達という意味なら、そなたもそうであったのではないか？」

「……確かに、そうかもしれません。フォルトーゼにいる間は、わたくしが未熟であった事もあって、殆ど全ての人間に疑惑の目を向けざるを得ませんでしたから………」

実はルースもティアと似たような状況にあった。もしルースが一人きりであれば、フォルトーゼでも友達を作れたのかもしれない。だが彼女には皇女であるティアを守るという非常に重い任務があったので、簡単に他人を信じる訳にはいかなかった。だから間違いなくフォルトーゼとは利害関係がない――――その時点ではそう考えるしかなかっただけではあるが――――地球の人間との出会いは、ルースにとっても友達が出来るきっかけであったのだった。

「そなたが自己主張をするようになっていったのも、地球へやって来てからではないかのう？」

ティアの視点だと、ルースの変化は友達に関するものだけではなかった。実は地球へやってきてから、ルースは自分の意見を積極的に言うようになっていたのだ。それまではティアの邪魔にならないように陰から見守ってくれていた印象だった。

「そうなのですか？　自分ではよく分からないのですが……」

ルースの方はその変化を自覚しておらず、不思議そうにしていた。自分ではずっと同じようにしているつもりだったのだ。

「うむ。じゃが当然かもしれんのう。友達には自然と自分を出す訳じゃからの」

「言われてみれば、確かにそのような気も致します」

多数の意見の整理と調整には、どうしても自主的な発言が必要となる。だから友達が増えればどうしても自分の意見を言う必要が出てくるというのは、ルースの感覚的にもしっくりくる。ルースは軽く目を細めて頷いた。

「……加えて、好きになり始めている人間にカブトムシの木と間違われれば、主張したくもなろう……」

　実のところ、ティアはルースが変化した原因はカブトムシ問題にもあると考えている。好きになりかけている相手にカブトムシ以下だと思われているなら、そこから抜け出す為にアピールが必要なのは自明の理だろう。

「はい？　今なんと仰いましたか？」

「あー、いや……そうじゃ、わらわとそなたの変化には、やはりコータローとの出会いが一番大きく影響していると言ったのじゃ」

　ティアは巧妙にカブトムシへの言及をかわしつつ、同じ内容を別の言い方に置き換えた。幸いその表現はルースの感覚に上手くフィットし、彼女は笑顔で大きく頷いた。

「ふふ、わたくしもそう思います。実際、わたくしはおやかたさまの事を一番最初に信じた気が致します」

「わらわは……うむ、やはりあやつが最初であったように思う。それをはっきり自覚したのは少し後の事なのじゃが」

　孝太郎はティアにとって家臣にすべき相手であったのだが、言ってみればその他大勢の中の一人でしかなかった。しかし家臣にすべき人間の中では唯一、フォルトーゼとの利害関係がない人間だった。その為しがらみを気にする必要がなく、ただ目の前の人間を評価するだけで良かった。対立し、罵り合い、殴り合う中で、ティアは生まれて初めて他人と正面から向き合う事が出来た。そしてその事がやがて、ティアの成長のきっかけとなっていくのだった。

「わたくしは殿下の変化を感じて、おやかたさまに賭ける事にしました。頭を空っぽにして殿下と殴り合える人材など奇跡以外の何物でもありませんから」

「それは何時頃の話じゃ？」

「殿下と大して変わりません。それこそ皆様と海水浴に行った頃です」

やがて二人の話は自分達がどのように変化したのかという事から、その変化に一番大きな影響を及ぼした孝太郎の事へシフトしていく。そしてそれこそが、フォルトーゼの国民が一番知りたいと思っている部分でもあるのだった。

ティアとルース、二人の成長を語る上で避けて通れないのが孝太郎の話だった。そしてそれは国民が一番知りたい部分でもある。むしろこの話を国民にしてやる為にこそ、事前にティアとルースの話をする必要があったのだ。

「…………情けない話じゃが、わらわは最初、あやつを原始人だと思っておった。宇宙の果てにある科学水準が低い星、そこに住む口うるさく喚き散らすだけの未開人とな。実際は原始人はわらわの方であったのじゃが」

ティアは力尽くで孝太郎に忠誠を誓わせ、早々に試練を終わらせて故郷へ帰るつもりでいた。母親の事が心配で焦っていたのだ。そのせいで忠誠を誓う側、孝太郎の気持ちには無頓着だった。結果的に自分の都合を押し付けるばかりになってしまっていた。

「冷静に思い返してみると、確かにあの方は終始一貫しておられました。まずは相手の事情を聞いて妥協点を探り、駄目なら断固抗戦という」

「キリハなど合意の直前まで行っていたからのう。キリハ自身が慌てて方針転換を必要とするくらいに」

無理矢理なティアとは逆に、孝太郎の方は最初からきちんとやっていた。相手の事情を聞き、可能な範囲で受け入れようとした。だがどうしても妥協出来ない場合には、徹底して抵抗する。対話と誇りをバランスよく持ち合わせていて、どちらかと言えばティアよりも孝太郎の方が文明人らしい対応をしていた。

「それでも魔法については信じられなかったようですが」

「それは仕方なかろう、何しろ魔法じゃからな。常識が邪魔をするし、ましてや話していたのがユリカじゃ。あの頃のユリカは酷かったじゃろう？」

「話している内容よりも、人が重要だった？」

「そうじゃ。だからこそ、わらわも上手くいかなかった。幾ら文明が進んでいようと、目的が正しかろうと、人を動かすのは結局人なのじゃ」

　出会ったばかりの頃、孝太郎が拒絶したのはティアとゆりかの二人。早苗とは休戦し、キリハとは合意の直前まで行っていた。今のティアは、その差を生んだのは人格面ではないかと思っている。確かにティアにもゆりかにも正当な事情があった。だがティアは力尽くで孝太郎を従わせようとしたし、ゆりかは自分優先の後ろ向きな言動が目立った。方向性は違っているが、どちらも信頼に足る態度とは言えない。要するに、ティアもゆりかも内面的には原始人だったのだ。

「幸いわらわには文明人のルースがおった。そなたが上手く方向を修正してくれたおかげで、わらわは辛うじて破滅を免れたのじゃ」

「そんな事は――」

「事実じゃろう。『ルースさんの顔に免じて』――あやつは何度もそう言っていた。一番信用がないわらわに、一番信用があるそなたが味方をしてくれたからこそ、今こうして笑い話として話せる。そうでなければ今頃どうなっていた事か」

ルースは普段大人しいが、本当に重要な局面でティアが間違いそうになった時だけは、断固とした態度で止めようとした。何度も激突しながらもティアと孝太郎の関係が崩壊しなかったのは、間違いなくルースの存在があったればこそだ。だからティアはルースに対して大きな借りがあった。

「ところでルース、そなたがコータローを信じたのは何故じゃ？」

「それは先程も申しましたが、終始一貫――言い換えるならとても不器用な方だったからです。殿下との関係に嘘がないので、試練の結果にかかわらず最高の味方になって下さると思ったのです」

「という事は、もう最初の頃からそなたはコータローに惚れておったのじゃな」

「でっ、殿下ぁっ⁉」

「そうであろう？　大真面目で責任感が強いそなたが、何とも思っておらぬ相手を最高の味方だと考える筈はない。自分かそれ以上に信用しているからこそ出てくる言葉じゃ。それはつまり好きになってしまったという事。………それを自覚したのは、もっと後かも知れぬがのう」

「で、殿下……その………はいぃ」

ルースは顔を赤くしながらティアの言葉を肯定した。既にティアとルースの気持ちは明らかであるが、それを真正面から認めて正直に語るのはやはり照れ臭い。特に一番初めの頃の事はそうだった。

「確かに……あの方なら、わたくしと共に殿下を守って下さると、考えて……出来れば殿下にとっての青騎士に、なって下さればと……」

「出会ってそう経っておらんのに、よくそこまで信じられたものじゃの」

「殿下は分かっておられないのです。殿下があそこまで自分を曝け出せる相手がどれだけ貴重か。殿下を一人の人間として扱ってくれる相手がどれだけ貴重か……」

「つまりそなたはわらわをダシにして、早々に理想の男を見付けた訳じゃな」

「殿下をダシにしてなんてそんなっ⁉　わたくしは殿下を心身ともに守って下さる男性が理想なだけですっ‼」

「……うーん、改めて聞くと、そなたは男性に対して凄まじい高望みをしていたのじゃなあ。最初から青騎士が最低ラインと言わんばかりじゃ」

「えっ、別にそんなことは……」

「今のわらわならともかく、あの頃のわらわを心身ともに守ってくれるとなると……今時の騎士には難しかろう？」

　フォルトーゼにも時代の移り変わりがあり、騎士というものに対する考え方も二千年前とは大分変化してきている。ルースが望むような騎士道精神の持ち主は大きく数を減じていたのだ。だからこそ国民は古風な騎士道の体現者である青騎士の復活を喜んだ。それは誰もが理想としつつも時代に呑まれそうになっていたものが、堂々と帰ってきてくれたからだ。ルースの考えもそこに影響を受けている。彼女の男性に対する要求は古風な騎士道だけでなく、ティアを皇族ではなく一人の人間として扱える度量も含む。それを満たす者が果たして今のフォルトーゼに存在しているのか――ティアはそれを難しいと言っているのだった。

「……あっ……」

改めてティアに指摘され、初めてその困難さに気付いたルースは思わず目を丸くする。ルースが自分でも言っていたように、ティアを心身ともに守れる人間は多くない。それを交際相手に求めるのであれば、恐ろしい程の高望みと言えるのだった。

「まあ……その難しい条件を満たした男が、わらわの試練の対象としてあっさり現れたのじゃから、自分の高望みに気付かんでも仕方がないがの」

「……お恥ずかしい……限りです……」

ルースが待ち望んでいた人間があっさりと目の前に現れた。その出会いこそが奇跡であって、その先は坂を転がり落ちるかのように恋に落ちた。奇跡の出会いと必然の恋、ルースの恋愛はとても運命的なものだった。

「では……その、殿下の方はいかがだったのですか？　おやかたさまを好きになったと自覚したのは、何時頃だったのでしょう？」

ルースは話を先に進める。時間的な制約でそうする必要もあったのだが、大半の理由は自分の話題が続くと照れ臭くて困るからだった。

「それはやはり、演劇の時じゃろうな」

ティアの方は堂々としたもので、自分が男性を好きになった経緯も照れる事無くルースに明かす事が出来た。本人を前にしているならともかく、ティアにはルースに隠すような事は何一つなかった。

「具体的にはどのあたりですか？」

「ふむ……まずは配役でもやもやしたところからじゃろうか」

ティアが自分の気持ちを理解するに至ったのは、ひとくくりにすると演劇という事になるのだが、厳密にはその中で幾つかの段階を経た結果だった。その最初のステップは配役を決めた時の事だった。

「ハルミをヒロインに据えたのは最高の判断じゃったろう。なにしろアライア皇女本人だった訳なのじゃからな。じゃが……練習が始まるとわらわはもやもやし始めた。何故青騎士の相手が自分ではないのか、となﾞ」

ティアが書いた『白銀の姫と青き騎士』の脚本。その配役を決める時点で難航したのがアライア皇女の役を誰にするのか、という問題だった。あまりに特別かつ繊細な役なので安易には決められなかったのだ。ティア自身も立候補は出来なかった程に。最終的には全員が納得して晴海に決まる訳なのだが、練習が始まるとティアは何かが間違っているように感じ始めた。青騎士の相手が自分ではない事が、間違いのような気がしていたのだ。これはティア自身も驚きの感情だった。

「殿下も心の奥底では分かっていたのでしょう、おやかたさまこそが求め続けた相手であると」

「そうじゃな。じゃが、わらわの場合はそなたの逆じゃ。本質的には青騎士は求めておらなんだ。言ってみれば、わらわを見てくれる、わらわの騎士が必要だったのじゃ」

厳密にはティアは青騎士というより、孝太郎が自分を見ていない事に違和感を覚えていたのだが、彼女がそこに気付くのはもうしばらく後になる。違和感はあくまで最初のステップだった。

「わたくしも別に青騎士が必要だった訳では……」

「あれだけ厳しい条件でか？　単にそなたが青騎士以上だと確信できる者が現れたという

だけではないか」

「ウッ……でっ、でもっ、青騎士かどうかとは関係なくおやかたさまを好きになったのは間違いありませんっ！」

「ふふっ、そこを疑っている訳ではない。安心せい」

「は、はい」

ルースの場合、演劇の練習が始まった頃にはもう孝太郎に全幅の信頼を置いていた。男性として愛し始めていたと言う事も出来るだろう。だから青騎士の生まれ変わりであればよいと夢想したりもした。今のティアはそれを良く分かっている。珍しく慌てるルースがおかしくて、ティアは微笑んでいた。

「次は文化祭の前夜祭じゃろうか。あやつめ………わらわに気を遣って、ダンスを教えてくれと言ってきたのじゃ」

「ああ……よく覚えております。楽しそうに踊ってらっしゃいましたね」

「見ておったのか⁉」

「はい。体育館でお二人が踊っているのを見付けたのですが、邪魔をするべきではないと思いまして……もっともすぐに別の邪魔が入った訳ですが……」

ルースは踊る二人の姿をよく覚えている。孝太郎が全くの素人なので、ペアとして見た場合は大して上手くないダンスだった。だがとても楽しそうだった。無防備で自由、華やかだった。

「二人だけの秘密でも何でもなかった訳か……むむぅ」

「わたくしは、あの時だったかもしれません」

「あの時とは？」

「おやかたさまこそがわたくしの待っていた人であると確信したのは」

　ルースはこれまで、ティアがルース以外にその表情をするのを見た事がなかった。だからルースは確信したのだ。これこそが自分達に必要なものであると。

「婚約騒動の時ではないのか？」

「……あっ、あの時は……わたくしもおやかたさまから愛されたいと思っていると、気付いただけで……わたくしの方はとっくに……」

「そなたの愛は複雑じゃの。ふふふっ」

　ルースの理想はティアと孝太郎が結ばれる事。だから自分の愛情は一方通行で良いと考えていた。だがエゥレクシスとの婚約話が持ち上がると、それでは嫌だと考えている自分に気付いた。ルースも本当は一方通行では駄目だったのだ。

「わらわが確信したのは、やはりあれじゃ。二度目の公演の時、あやつはクランの爆弾を斬って、しばらく姿を消しておったじゃろう？」

「はい……」

「あの時は魂が捩じ切られたかのような喪失感があって……それで理解した。わらわにとって、孝太郎がどれほど大切な人間であるのか、という事を……」

「わたくしにも覚えがあります。立っている場所が砕け散るかの様な……」

「恐らくあの場に居合わせた者にとって、あれは自覚を促す切っ掛けとなったじゃろう。そしてわらわとそなたは演劇の題材への思い入れが深い分だけ、皆よりも影響が大きかった訳じゃな」

「はい。……思うに、あれが全ての始まりであったのではないかと」

「うむ、同感じゃ」

ティアとルース、二人が孝太郎を好きになった経緯には大きな違いがある。だがどちらにも共通していたのが、孝太郎が青騎士かどうかにかかわらず好きになったという点だった。孝太郎が青騎士だと分かったのは、二人が孝太郎を好きになった後の事だ。二人はあくまで目の前に現れた少年に恋をしただけなのだ。普通の出逢い、普通の恋――それはただ人のぬくもりを欲していた二人にとって、幸運な事であったのだろう。

クランの爆弾を斬った孝太郎は数ヶ月間何処かへ行っていたのだが、残されたティア達にとっては数分間でしかない。だから孝太郎が別の世界に行ってクランと協力して何とか帰ってきたという言葉をあまり重大な意味に捕らえていなかった。それが驚天動地の大冒険であったとは思ってもいなかったのだ。

「……最初に違和感を覚えたのは、コータローとクランの仲が良過ぎる事じゃった」

「ちょっと前まで戦っていた相手ですからね」

「それだけではなく、何というか……クランに対して、わらわにするような事をしていたので、そこが気になっておった。何か重大な事があったのではないかと」

「殿下は例の一件で御自身の気持ちを自覚なさった訳ですし、そういう部分に気が行くのは当然ではありますが……それを差し引いても気になる距離感だったのは、わたくしも感じておりました」

孝太郎があえて伏せたままにした部分にティア達が注目し始めたのは、そうした小さな違和感がきっかけだった。孝太郎とクランが単に別の世界へ行っていたというだけでは説明がつかない変化があったのだ。

ティアが最初に気付いた二人の距離感について言うなら、別の世界へ行っていたというだけでは二人が和解した原因としては弱い。クランは孝太郎と敵対を続け、自分一人で帰って来ても良かった筈なのだ。

「それに加えて、わたくしはおやかたさまのマニューバースーツの状態が気になっておりました」

「マニューバースーツ……確か前にそんな事を言っておったな」

「長期間に亘って戦闘を繰り返したような全身の慢性的なダメージ、装甲を焼いた超高温の火炎」

行方不明になった時に孝太郎が着ていた鎧は、モーターや軸受けなどの可動部に大きなダメージを受けていた。それも曲がっているとか歪んでいるとかではなく、パーツ同士の接触部分が削れているような、慢性的なダメージが中心だった。また装甲に刻まれた戦闘のダメージも通常のものとは違っており、最低でも小型の機動兵器との対決を思わせるものであった。つまり鎧の状態は、機動兵器に相当する強敵を含む敵の一団と、長期間に亘って戦ってきた事を示していたのだ。

「そして極め付けは翻訳機の優先順位でした」

「優先順位？」

「はい。翻訳機が優先して調べる言語が、フォルトーゼの現代語ではなく、古代語の方を優先して調べるようになっていたのです」

「ふむ……クランと二人だけなら現代語の方が多用される筈だし、全く未知の世界の言語の場合は学習効果のデータベースが優先される。古代語の優先度が上位に上がってくる理由はない、か……」

「ですから、わたくしはこう仮説を立てました。おやかたさまとクラン殿下は、過去のフォルトーゼに行っていた、と。だから言えない事が多いのだと」

ルースは孝太郎とクランの行き先が過去のフォルトーゼ、という所までは自力で辿り着いていた。だが幾らなんでもそれが白銀の姫の時代であったとまでは想像出来ていなかった。しかしタイムスリップしたという所まで自力で辿り着いていたのだから、そこは褒めてやるべきだろう。

「とはいえ証拠としては弱いな。クランを追求するにはもっとパンチが必要じゃろう」

「はい。結局クラン殿下には答えて頂けませんでした。しかしわたくしが会いたいと言った時にクラン殿下が応じて下さり、しかも無事に帰らせてくれた事で、疑惑は更に深まった訳ですが」

「それは敵対する人間に対する扱いではないな。クランの側には敵対出来ない事情があった訳じゃ」

「今にして思えば、クラン殿下はおやかたさまがおやかたさまなのだと知っている訳ですから、わたくしやティア殿下に敵対する事で、青騎士と敵対する事を避けようとされたのでしょう」

「あやつも流石に、建国神話の一部とも言うべき、青騎士と白銀の姫の伝説に武器を向けるような事は出来なかったか。それに政治的に見ると青騎士は皇帝よりも強いカードと言える。われらと敵対するよりは青騎士のカードを独り占めする方が有利。加えて研究材料としても興味はあったのじゃろう。特にシグナルティンには……」

　全てを知った今になって思い返すと、孝太郎とクランに関する違和感は明らかに青騎士伝説との関連を隠そうとする事によって生じていた。だがその真実へ辿り着くには普通に情報を拾い集めるだけでは不可能で、大きな論理の飛躍が必要だった。

「隠された真実を明らかにする最後の鍵は、奇しくもトラブルの中で与えられました」

「あれじゃな、そなたの婚約騒動」

「はい。殿下が危機的状況に陥り、即時の救援が望めないと分かった時、おやかたさまは決断なさいました。クラン殿下に預けておられた御自身の剣を、呼び出したのです」

　ルースはその時の事を昨日の事のように覚えている。クランの『揺り籠』から転送されてきたその銀色に輝く優美な剣。その細工の細やかさや嵌め込まれた宝石などから、一目でそれがレプリカなどではない事が分かった。そして剣に刻まれた雪の結晶――アライアの紋章。それは贋作ではない、本物のアライアの剣であるという事。その条件を満たした剣はフォルトーゼの歴史上に一つしか存在していない。

「……シグナルティン、か」

「はい。秘密を守る為にわたくしと殿下を見殺しには出来ない……実にあの方らしい決断でした」

ピッ

ルースがコンピューターを操作すると、その時の映像が立体映像として表示された。それは孝太郎がクランから預かった腕輪が記録していたものなので、ルースの記憶とは孝太郎と敵の位置関係が少し違っている。だが違うのはそれだけで、彼女の記憶と寸分違わぬ動きで、孝太郎は空中に開いた時空の穴から銀色に輝く剣を引き抜いた。そしてその切っ先を数人の敵へ向ける。その堂々たる姿は正しく伝説の騎士そのもの。それから幾らもしないうちに、敵は全て倒されていた。

「そなたにとっては理想の展開じゃのう？　心底愛した男の正体が、伝説の青騎士だったのじゃから」

「はい。正直あの時は、喜びのあまり心臓が爆発して死んでしまいそうでした……」

ルースは今になっても、その時の事を思い返す度に涙が溢れてくる。自分とティアが愛した男性に間違いはなかった。やはり騎士の中の騎士だった。そして青騎士が相手であれば、異星人であってもティアと結ばれる事は可能だろう。難しいと思っていた未来が、目の前で一気に開いた。それは世界の全てが自分達を祝福していると感じられるほどの大きな喜びだった。

「わらわはそうではなかったな……コータローが青騎士だという事は、アライア帝の騎士であるという事。わらわには喜べなかった……」

ティアはルースとは逆だった。彼女は孝太郎の正体を知らされた時、嘆き悲しんだ。それは孝太郎がアライアを選んだと思ったからだ。青騎士はアライアの騎士。フォルトーゼに生まれたものなら誰でも知っている常識だった。

「しかしおやかたさまはちゃんとわたくしたちの元へ帰って来て下さったのですから」

「わかっておる！　今はちゃんと分かっておるのじゃ！　じゃがそなたとは違ってわらわはコータローが過去の世界に居たなどとは少しも想像しておらんかった！　じゃから目先の事実にだけ目が行って悲しんだのじゃっ！　馬鹿みたいなのは分かっておるっ、笑いたくば笑うがよいっ！」

立体映像には両目からボロボロと涙を零して泣くティアの姿が映し出されていた。この時のティアは、孝太郎はアライアを選んだのだと本気で信じていたのだ。

「決して馬鹿などとは申しません。それだけ殿下がおやかたさまを愛しておられたという証拠なのですから」

「………うぅ、わ、分かっておるならよい！　分かっておるならな！」

ルースには何を知られても恥ずかしくないティアだが、この部分だけは恥ずかしくて仕方がなかった。無用の空回りをした事は、ティアにとって最大の失敗だ。それも愛した男性を相手に派手に空回りをした訳なので、ティアの考え方だと女性としては無様と言う他ない。ルースが笑わないでくれたのは本当にありがたかった。

「この部分は国民に公開なさいますか？」

「する訳ないじゃろうっ!!」

「とても素敵なエピソードだと思うのですが」

「それはそなただけじゃ！　青騎士との約束が信じられなかったなどと、国民に言えるものか！　削除じゃ削除！」

「もったいないですね………」

「もったいなくないっ！」

ルースはこの部分の情報のチェックリストに非公開のマークを付けた。だがその直後、思い直して再検討のマークに変更した。そして数日後には、マークは公開のものに再度変更される事になる。やっぱり可愛いからもったいないし、情報公開は宇宙時代の超大国の務めですよねーというのがその根拠だった。

ティアとルースが孝太郎の正体を知った後の事は、ヴァンダリオンのクーデターの話になっていくので、既に多くの情報が公開されていた。だから二人の情報の選別作業はここで一旦終了となった。いずれまたやるのだろうが、第一弾としてはこれで十分だった。

「……これはどうじゃろか。似合うか？」

「お似合いでございます」

「忠誠心を二十パーセントカットすると？」

「紫もお似合いでございますが、先程の赤の方がわたくしは好きです」

「ふむ……」

「おやかたさまが青であるのは確実ですので、色の対比としても間違いないかと」

そんな訳でティアとルースは本来やる筈だった作業に戻っていた。本来やる予定だったのはドレス選び。数日後に迫った終戦記念式典と祝賀パーティの為に、何着か用意しておく必要があったのだ。

「ふむ………基本は赤系統で行くとして、他の皇女と被った時の為に紫系統も用意しておくとしよう」

「妥当な判断かと。デザインはどう致しますか？」

「問題はそこじゃな。ふむむ………」

フォルトーゼは大きく技術が進歩しているので、立体映像上で自由に色やデザインを組み合わせ、完成したドレスを見る事が出来る。またそれをティアの姿に重ね合わせる事も出来る。だがそれ故に多くの可能性があり、ドレス選びは難航していた。

「これは………地味過ぎるか………とはいえこっちは色々見え過ぎじゃし………ん？」

そんな事をしている時だった。繰り返しデザイン案のページ送りの操作をしていたティアの手が、ぴたりと止まった。そして何故か、赤に決まった筈の色を変更する。

「………」

「殿下？」

ぴっ

ティアはそれを何故か自分の手元の端末だけで見ていたので、不思議に思ったルースはそのデザイン案を部屋の中央にある大型の立体映像投影装置にも表示させた。

「あっ!?」

「ああ、これは素敵なデザインでございますね」

ルースは思わず目を細める。投影装置には純白のウェディングドレスを身に纏ったティアの姿が映し出されていた。金色の髪と純白のドレスが見事なコントラストを作り出しており、頭を飾るプラチナの冠と併せて華やかさを演出していた。それでいてとても裾が長いスカートが落ち着きのある雰囲気を生み出している。名のあるデザイナーの力作である事は疑いないだろう。

「お召しになられますか？」

「こっ、こんなもので式典に出られるものかっ！」

ティアは慌てた様子で映像を消すと、それまでやっていた作業を再開した。だがそのぽちぽちとページ送りを押す姿には、これまでとは少し違う雰囲気がある。いつもの尖った攻撃的な雰囲気が抑え気味となり、柔らかく包み込むような優しい雰囲気が増している。ティアはウェディングドレスを意識してしまった事で、いつもより色気というか、女の子らしさが前面に出てきていた。

「パーティの余興でお召しになればよろしいかと」

「いやじゃ」

「何故ですか？」

「本番の感動が薄れるからいやじゃ」

「それでは仕方がありませんね。ふふふ……」

本番——それはティアの結婚式。結婚相手にはその時に着たウェディングドレスの事を、ずっと覚えていて貰いたい。だから余興で着て印象を薄めるような事はしたくない。それは実に女の子らしい事情であったので、ルースはそれ以上勧めはしなかった。

「そんな事より、そなたも早くドレスを選ばぬか！」

「わたくしも……でございますか？」

思わぬ言葉に、ルースは目を丸くする。彼女はこの時、自分がドレスで着飾る必要性を感じていなかったのだ。

「おう！　わらわの事ばかりやっておる暇など無いぞ！」

「しかしわたくしは騎士ですし、式典には礼装で出る事になるのでは？」

ルースはティアの護衛であり、後にサトミ騎士団の副団長に就任した。彼女は常に脇役であり、式典やパーティでは騎士として家臣として護衛を担当するのが筋だった。

「……そなた、われらの未来の夫に恥をかかせるつもりか？」

「っ⁉」

「まさか最愛の男に、礼装の堅物女を従えて一日過ごさせるつもりでおるのか？」

「……………」

ルースは沈黙した。式典とパーティには、騎士ではなく女の子としてのルースの方が必要なのではないか。ティアの言葉はルースの胸に深く突き刺さった。そしてルースは一度自身の額に触れてから、真正面からティアの瞳を覗き込んだ。

「殿下！　わたくしに似合うドレスを御教授下さい！　わたくしは可憐な乙女である必要がございます！」

「よく言った！　それでよいのじゃっ！」

ルースの瞳には強い光が宿っている。その光の出所は深い愛と責任感。最愛の人に素敵な一日を過ごして貰う為に、ルースは自らも着飾る必要性を見出していた。

「とはいえサトミ騎士団の副団長という要職にある訳ですから、必要以上に華美に走るのは避けねばなりません」

「任せておけ！　既にデザイナー達との話はついておる！」

それから二人はしばらくの間、ああでもないこうでもないと、仲良くドレス選びを続けた。終戦記念式典とパーティは目前まで迫っている。再び訪れた平和を喜び、救国の英雄に感謝を伝え、素敵な一日を過ごして貰いたい。そこに賭ける二人の意気込みは半端ではない。二人で想い出を振り返っていた影響もあって、恐らくフォルトーゼで一、二を争う程の本気ぶりだった。

「こっ、このドレスは胸が開き過ぎでございますっ!!」

「別に良いであろう。どうせ至近距離に立つコータローにしか中身は見えぬ」

「おやかたさまに変態だと思われてしまうのがまずいのですっ!!」

　孝太郎はそんな二人に対して、ごく短い手紙を残して勝手に地球へ帰ってしまうという暴挙に出る。孝太郎は二人の事情を知らなかったし、自身にも帰った方が良いという正当な理由はあったのだが、その時の二人の心中は察するに余りあるだろう。

　だから二人は孝太郎を許さない。

　二人はどんなに汚い手段を使ってでも、孝太郎をフォルトーゼに連れ帰るつもりだった。

　そしてもしそれに成功したならば、彼女らがこの日に選んだドレスが日の目を見る事になるのだろう。

Episode3 ころな荘大掃除！

静香がころな荘の大掃除を決断したのは、二月の半ばを過ぎた頃の事だった。本来ころな荘の大掃除は十二月に行われるのだが、今回はフォルトーゼに行っていた期間に重なって実行されていない。フォルサリアが用意した静香の替え玉は普通の掃除はしてくれていたのだが、それだけでは静香の望む水準には届かない。ころな荘全体についた一年分の汚れを落とし、空いた部屋を綺麗にして新しい住人を迎えたい。静香のプロフェッショナル精神が如何なく発揮され、大掃除の実行が決まったのだった。

「という訳で、助っ人を募集します。報酬は駅前のカフェでケーキ食べ放題！」

とはいえ急な話なので、静香は助っ人を募集する事にした。一人でころな荘の大掃除をするとなると数日もかかる。だがフォルトーゼから帰ってきたばかりで、しかも年度末を目前に控えており、何日も時間はかけられない。そこで助っ人を募集する事にしたのだ。

ただし静香の個人的な掃除ではなく、アパート経営という仕事の手伝いなので、ケーキ食べ放題という報酬が用意されている。それは高校生の少年少女にとって、まずまずの報酬と言えるだろう。

「やるやる！　あたしやる！」

「私もやりますぅ！」

この報酬に真っ先に飛び付いたのが早苗とゆりかだった。元々お菓子大好きの早苗と、食べ物が貰えるなら何でもいいゆりか。正直なところ静香は最初からこの二人に期待していたようなところがあった。

「ゆりか、その日はフォルサリアで会議がある筈だけど」

「えぇぇぇぇぇぇぇぇぇぇぇぇぇぇっ!?　そうでしたっけぇ!?」

「間違いないわよ。私も呼ばれているから」

しかしゆりかは早々に脱落が決定した。真希が指摘した通り、ゆりかには大切な用事があった。それはフォルサリアの今後を話し合う重要な会議なので、ケーキが食べられるからと安易に休んでいい内容ではなかった。

「ウッウッ、私は無理みたいですぅ。ごめんなさい静香さぁん」

「そんなのいいのよ、ゆりかちゃん」

「だってケーキがっ」

「……そっちが残念なのね」

「心配ないって。早苗ちゃんが居ればのーぷろぶれむです」

「ふふふ、期待してるわ」

　結局、手伝いが出来るのは早苗一人だけだった。急な話だった事もあって、他の面々は用事があったりアルバイトがあったりと、既にスケジュールが埋まっていた。だが静香は落胆していない。状況的に一人でも助っ人が見付かれば御の字だと考えていたのだ。それにその一人が早苗であれば文句はない。実は早苗は大掃除がとても得意なのだった。

　問題の大掃除は日曜日に決行された。大掃除する場所はころな荘の屋外部分と駐車場を始めとする敷地部分、そして空き部屋になっている一〇五号室だった。静香と早苗が最初に手を付けたのは屋外部分。日が傾くと寒いので、早々に片付けて屋内の掃除に移ろうという計画だった。

「早苗ちゃんはまず窓を全部拭いて、それが済んだら外壁に気になる汚れがあったらそこも綺麗にしておいてくれるかな？」

「あいあいさー！」

　任務を受領した早苗は自信たっぷりで敬礼をした。そしてバケツとぞうきんを手に、軽快な足取りで走っていく。終わればケーキが待っているので早苗の士気は高い。彼女を見送る静香はそれを頼もしく思っていた。

「よっとっとっ」

　早苗は危なげない足取りで脚立を登り、まずは二階の窓を拭き始めた。彼女の動きには迷いがなく、汚れていた窓はみるみる綺麗になっていく。また高い場所の作業に戸惑っている様子もない。それは静香が期待した通りの見事な働きぶりだった。

「ふんふ～、ふんふ～♪」

「流石ねぇ、早苗ちゃんは………」

　実は早苗が掃除を得意としている事には、彼女が持って生まれた霊能力が大きく影響している。人間が掃除をすればその部分に思念が残留する。裏を返せば思念が残留していない部分こそが大掃除の対象となる部分、という事になる。早苗はそれを視覚化して捉える事が出来るので、別段静香が指示をしなくても勝手に汚れを見付けて掃除してくれる。問題は熱意にムラがある事だが、ケーキという分かり易い報酬がそのムラを消してくれていた。また霊能力のおかげで高い所から落ちて怪我をする心配もない。集中力がある時の早苗は、任せて安心の掃除の達人だった。だがそれでも問題はあった。

「ふふふふ～～ん♪」

「ちょ、ちょっと早苗ちゃんっ、駄目よ空なんか飛んじゃあっ!!」

身体の小さな早苗が掃除をする場合、脚立を立てた場所によっては微妙に手が届かない事があり、その都度脚立の位置を変える必要があった。それを面倒臭がった早苗は霊能力で身体を浮かび上がらせ、その部分をゴシゴシ拭いていた。

「なんで？」

「御近所の人に見られたら大騒ぎになっちゃうわ！　降りて降りて！」

「え～～～」

「ドリンクも飲み放題にするから！」

「いいの⁉　じゃあ降りるー♪」

すたっ

幸い早苗は素直に静香の言葉に従い、脚立の上に降り立った。実は駅前のカフェのココアは早苗のお気に入りだ。深い味わいのココアと搾りたてのミルクを大量に使う製法が早苗のハートをがっちりとキャッチ。それに砂糖を大量に投入して飲むのが早苗のちょっとした贅沢だった。だからそれが飲み放題なら従わない理由はない。早苗は静香が期待した通りにせっせと働き始めた。

「……これなら大丈夫そうね」

「早苗ちゃんにお任せなのです！」

「私も負けてられないわね。よしっ！」

早苗の働きぶりに満足した静香は、気合を入れ直して自分の持ち場へ向かった。掃除しなければならない範囲は広い。急がないと日が落ちる前に終わらせる事が出来ない。静香自身も早苗と同じように奮闘する必要があった。

午前中の静香の作業は主に掃除だったのだが、午後に入ると補修が主な作業となった。花壇のレンガが割れている部分を交換したり、取り引きがある不動産業者の看板が落ちそうになっているのを直したりと、その作業は様々。放置するところな荘の見栄えがとても悪くなるので、静香は補修作業にも力を入れていた。やはり両親の遺したころな荘は綺麗なままにしておきたいのだ。そんな静香が日暮れ間際に手掛けていたのが中庭にある木製の柵、そのペンキの塗り直しだった。

「ふふふ、何だか手馴れてきたわね……」

静香は塗装の剥げかけた部分を紙やすりで表面が滑らかになるように研磨していく。コツはやや広めに研磨する事で、そうするとこの後の作業が綺麗に仕上がる。それから静香は下地材のスプレーを吹き付けて乾燥を待ち、ハケでペンキを塗っていく。それは確かに手馴れた仕事ぶりだ。何年も繰り返して来た事で磨かれた技術だった。

「……父さんは褒めてくれるかしら、この仕上がりなら……」

静香は再塗装をした部分を眺めつつ、六年前に亡くなった両親の事を想う。静香の父親は空手の選手だった。幸い金銭的にも恵まれており、先祖から受け継いだ土地にアパートを建てた事で家庭と選手を両立させる事が出来た。そしてそのアパート——ころな荘の事を大切にしてきた。静香が補修の技術に通じていたのは、物心つく前から父親の手伝いをしてきたからなのだった。

「ううん、きっとまだまだって言われちゃうな。本当に大事にしてたもの……」

祖父、曽祖父、そしてもっとずっと前の先祖達。そこから代々受け継いできた土地に建てられたアパートなので、静香の父親は本当にころな荘を大切にしていた。おかげで築二十五年を越えても堂々たる姿を保っている。明らかに十年以上は新しく見える状態だ。残念ながら今の静香には父親程の技量はない。しかしいつか同じくらい上手になりたいと願っていた。

「しーずか」

「きゃっ⁉」

そんな時、不意に背後から早苗が体当たりをしてきた。静香はその衝撃でペンキのハケを取り落としそうになる。だが衝撃がそれほど大きくなかったおかげで慌てて握り締めて難を逃れた。そして静香が自分の状況に注意を向けると、胸のあたりに早苗の腕がぐるりと回されている事に気が付いた。早苗は体当たりをしたのではなく、抱き着いて来たのだった。

「どうしたの早苗ちゃん、急に」

「えへへへへー、どうもしないよ。どうもしなかったらこーゆーのダメ？」

「駄目な事はないけど………」

「じゃあいーじゃない。うりうり」

「きゃはははははっ‼」

早苗はそのまま静香の身体をくすぐり始めた。静香は右手にハケを持っているので早苗を止める事が出来ない。早苗にされるがままになっていた。

「もっ、もぉゆるして早苗ちゃんっ！」

「ダメー！　どんどんいくぞー！」

「きゃはははっ、だっ、だめだったらそんなとこぉっ!!」

だが静香は気付いていた。何故早苗がこんな事をしているのか。それはきっと静香が寂しそうにしていたからだ。早苗は他人の感情に敏感なので、静香の様子に気付いてやってきたのだ。

「きゃはははっ、分かったっ、ははは、分かったからもう許してぇっ!!」

「嘘をついても早苗ちゃんにはわかるのですっ！　まだまだ許さんぞー！」

それが分かっているから、静香は怒ったりしなかった。早苗がそういう風にしてくれる事が嬉しかったし、自分でも早く元気を取り戻したかった。だから静香は抵抗せず早苗の好きにさせた。心優しい早苗に笑顔を向けてやる為には、どうしてもそうする事が必要なのだった。

静香の両親がホテルの火災で他界したのは、早苗の魂の一部が本体から剥がれ落ちて一

○六号室に出現した後の事だ。だが分離した魂が自我を目覚めさせるまでに多少の時間が必要であった為に、早苗の記憶には静香の両親の姿は残っていなかった。

「静香のパパって空手が強かったんだね？」

「あら、知ってたの？」

「ううん、ざんりゅーしねんってやつ」

「ああ、確か前にも言っていたわね」

「この胴着から凄いのが出てるから、本当に強い人か、すーぱー勘違いをしてる人のどっちかで……静香のパパだから本当に強いんだろうなあって」

「正解よ。私は最初父さんから空手を習っていたの」

「でもね、娘に良い所を見せたいとゆー執念も結構見える」

「お父さんったらっ、もう……」

しかし早苗には霊能力がある。そのおかげで強い気持ちがこもった物を介して、静香の両親の姿を知る事が出来た。今は大掃除で使った道具を倉庫へ片付けに来たところで、偶然そこにしまってあった静香の両親の形見を見付けた。敷地の大掃除をしている間にも幾つか残留思念を見付けていたので、早苗はすぐにそれに気付いたのだった。

「ここでママが怒ってるのはなんで？」

「父さんがころな荘を掃除するのを手伝ってた時に、高い所を掃除する為に父さんが私を肩車(かたぐるま)したんだけど、そこで頭をぶつけたの」

「へー、心配してこんな怖(こわ)い顔なんだね」

「それもあってね、母さんはもっと女の子らしい事をさせたいって空手には反対してた。でも父さんは空手だけで生きてきた人で、他に出来る事と言ったらアパートのお手入れぐらい。教えられる事は他になくて……」

「ママはお料理を教えたくて仕方なかったみたいだね」

早苗は笑いながら古びたフライパンを手に取る。それは一家で住んでいた家から二〇六号室に引っ越(こ)した時、しまい込んだフライパンだった。アパートのキッチンは狭(せま)かったし一人暮らしなので、静香は小ぶりのフライパンに買い変えたのだ。

「そうなの！　父さんと母さんが何を教えるかでもめてね、意外に娘としては複雑な状況だったのよ！」

「それで結局料理と空手を両方習ったと」

「そうそう、そうなのよ！　そういうとっても微妙な理由で文武両道になったの！　変でしょうっ!?」

「うん、変。凄く変」

「もー、本当に困っちゃうんだからっ」

静香も笑顔で早苗の言葉に応えていた。当初は少し寂しい気持ちだったのだが、早苗のおかげで笑顔で話せるようになった。それに早苗は残留思念を読み取って直接過去の様子を見る事が出来るので、誰よりも静香の話を理解出来る。その事も静香を笑顔にさせる大きな原動力だった。

「ふーん。それで、娘としてはどっちがやりたかったの？」

「それが困った事に両方なのよ。空手をする父さんはかっこよかったし、料理をする母さんも素敵だったし」

「複雑なんだね」

「そーなの。でも結局それがどっちも役に立ってるから、良かったんだと思う」

母親から受け継いだ料理の腕は自宅だけでなく一〇六号室でも度々役に立っているし、父親から受け継いだ空手の技は友人達を守る役に立っている。結果的に見て両親から受け継いだものは静香を陰に日向に活躍させている。両親の教育は正しかったのだ。

「それだけでなく、静香はころな荘も守ってる。頑張ってるよ！」

「そうかな？」

「うん。あたしは……っていうか、多分あたし達はみんなそう思ってると思う」

「ありがとう、早苗ちゃん。そう言って貰えてとっても嬉しいわ」

ガタン

静香は礼を言いながらバケツとぞうきんの束、中性洗剤のボトルを手に取る。そして改めて早苗と向き直った。

「さあ、そろそろ大掃除の続きをしましょう？　何時まで経っても名残惜しいけど」

「そうだね。あんまりここに長居すると、ケーキが食べられないし」

そうして二人はもう一度笑い合うと倉庫を出た。二人の手には部屋の中を掃除する為の道具が抱えられている。二人は既に外の掃除を終えていたので、空室になっている一〇五号室へ向かう。それがこの日の大掃除で予定していた、掃除すべき最後の場所だった。

ころな荘の一〇五号室は先日まで大学生が住んでいたのだが、春から大学院へ上がる事に決まった為にその近所へ引っ越した。時期的には引っ越しシーズンより早いのだが、そのおかげでいい部屋が見付かったとの事だった。

「どうやら煙草を吸わない人だったみたいね。この感じなら壁紙を全部貼り換える必要はなさそうだわ」

　静香は壁(かべ)を拭きながら上機嫌(じょうきげん)だった。一〇五号室の壁紙はビニール加工されたものが使われていたので、表面を軽く拭いただけで本来の美しさを取り戻した。汚れがタバコの煤(すす)だったりすると厄介(やっかい)なのだが、幸いそういう気配はない。二カ所だけ破れている部分があるのでそこだけ業者に修繕(しゅうぜん)して貰えば問題はなさそうだった。

「しききんれーきんは返さないといけないんだっけ？」

「敷金(しききん)だけ、部屋の修繕費(しゅうぜんひ)を差し引いて返すの。この感じだと半分以上返せるんじゃないかしら」

「それでも結構取るんだね？」

「あはは、業者にお願いしないといけない所ってどうしてもあるし」

　換気扇(かんきせん)の内外についた油汚れ、風呂釜(ふろがま)の循環系(じゅんかんけい)、キッチンの流し台、フローリング部分の洗浄(せんじょう)など。掃除が得意な静香でも手が出しにくい部分はどうしてもある。お客に貸し出す部屋なので、自分なら我慢(がまん)する程度の汚れも許されないのだ。

「じゃー、出来るところは自分でやって節約なんだ？」

「そういうこと。これが地味に評判に響(ひび)いてくるのよ」

「プロっぽいね？」

「でしょう？」

最終的にハウスクリーニングを入れるのだが、それでもやれる事はやっておいた方が安く済む。住人の敷金から出すお金であっても、節約しておけばアピールポイントになる。このアパートは敷金が結構返って来るんですよ——不動産業者としても売り込み易いのは明らかだろう。複数のアパートを経営していたりすると手間がかかって出来ないが、静香はころな荘だけだからこその武器だった。

「早苗ちゃん、お風呂とトイレの電球を換えてくれる？」

「ほいほーい。……あれ、流行りのＬＥＤ電球じゃないんだね？」

「そうよ。住人が数年で入れ替わる上に、トイレとお風呂はそう長い時間をかけて使う場所じゃないから、あえてＬＥＤにしない方が安く済んで気軽に交換できるのよ」

「へー……プロっぽいね？」

「でしょう？　ふふふふっ」

静香は早苗に手伝って貰いながら作業を進めていく。最終的に業者を入れるので、この部屋の大掃除にかかる時間はそれほど多くない。部屋に入って一時間が経過した頃には必要な作業はあらかた終了した。

「お疲れ様ー。ありがとね、早苗ちゃ——どうしたの？」

静香がバケツの中の水を流して六畳間に戻って来てみると、早苗が部屋の真ん中に立ってきょろきょろと辺りを見回していた。

「うん……ちょっと、思い出してたんだ。一〇六号室に一人でいた時の事を。ちょうど部屋の感じがこんなだったから」

「早苗ちゃん……」

早苗は静香に笑顔を向けた。だが静香はその笑顔に、どこか寂しげな空気を感じ取っていた。両親を亡くした静香には、早苗の気持ちが良く分かる。早苗はひとりぼっちの空虚な部屋で、両親の帰りをひたすら待ち続けていたのだ。恐らく今の早苗は、倉庫で想い出の品を見付けた時の静香の気持ちと同じようなものを抱えている筈だった。

「うりゃっ!!」

だから静香は何の前触れもなく早苗に抱き着いた。そしてその頼りない身体に両腕を回し、しっかりと抱き締める。先程早苗がやってくれたように。

「どうしたの、静香?」

急な事だったので、早苗は驚いて目を何度か瞬かせる。早苗がよくやる事なのだが、自分がやられる経験はあまりない。

「どうかしないと、こういうのやっちゃ駄目?」

「そんな事ないけど」

だから早苗が静香の意図に気付いたのは、この時だった。どうやら自分は軽く落ち込んでいて、気付いた静香が慰めようとしてくれているのだ、と。だが考え事をしていられたのはそこまでだった。

「それでこうだっ！」

「きゃはははははははっ!!」

静香はさっきの仕返しとばかりに盛大に早苗をくすぐり始めた。早苗は他人をくすぐるのが好きだが、自分がくすぐられるのは滅法弱い。早苗はすぐに元気で明るい笑い声をあげ始めた。おかげであっという間に空虚な雰囲気が吹き飛ぶ。それはくすぐられたからというだけではなく、早苗が今は一人ではない事をちゃんと分かっているからだろう。

「うりうり、ここがええんかぁっ、ここがぁっ」

「にゅひょっ、きゃはははははははははっ!! や、やったなぁっ!!」

だが早苗は負けず嫌いなので、やられたままでは居ない。自らも手を伸ばし、静香の脇腹をくすぐり始める。そこからはくすぐり合いへと移行していった。

「にゃははははははっ、やめれっ、静香やめれっ！」

「あははははははっ、早苗ちゃんっ、あはははっ、駄目ッ、はははははぁっ！」

その壮絶なくすぐり合いは五分近く続いた。笑い過ぎで息が切れ、身体が重くなった事で二人はようやく動きを止めた。二人は六畳間の真ん中で大の字になって倒れていた。

「ああ、疲れた。死ぬかと思ったわ」

「笑ったぐらいじゃ死なないよぅ」

「そうね、ふふっ、ふふふふっ」

「にゃはははははっ」

くすぐり合いは終わったのだが、二人はそのまましばらく笑い続けた。そしてその笑いが途切れた時、早苗がぽつりと呟いた。

「そういえば、静香。ちゃんと謝ってなかったね？」

「ん？　何を？　謝るような事ってあったっけ？」

「あるよう。最初過ぎて忘れてるだけだよ」

早苗は素早く身体を起こして静香の顔を見下ろす。この時の早苗の顔は、彼女にしてはかなり真剣なものだった。

「……………あのさ、一〇六号室の住人を何度も追い出してごめんね。静香のパパとママの思い出の詰まった、大事なアパートだったのに」

それは早苗が幽霊であった頃。彼女は一〇六号室へ入居した人間を片っ端から追い出していた。それは早苗にとっては我が家を守る為の行為だったのだが、静香にしてみればその逆が起こっていた事になる。ころな荘は両親の形見でもあるから、アパートに不評が立つ事は静香には耐え難い事の筈だった。

「いいのよ、そんな事」

静香は自らも身体を起こし、軽い調子で首を横に振った。

「でもさ……」

しかし早苗の方はそれでは納得しない。今日の静香の様子からも分かるのだ。ころな荘が静香にとってどれだけ大事な場所なのかという事が。

「本当に良いのよ。確かに早苗ちゃんが居たせいで収入は減ってたんだけど、でも住人が追い出されて家賃が減ったからこそ里見君が入居してくれた。そしてみんなとも仲良くなれた。だから私には何の文句もないわ。今もころな荘は無事で、しかもお金では買えないものが沢山手に入ったんだもの」

静香はもし早苗が住人を追い出さなかった場合の事を考えていた。その時は家賃が高過ぎて孝太郎はころな荘を選ばなかっただろう。そうなると問題は他のメンバーに限られるのだが、一〇六号室に孝太郎が居ない場合はクランと出会わないという事なので、例のタイムスリップが起こらない可能性が高い。その場合、一〇六号室はただ別の誰かが住んでいる普通の部屋である可能性が極めて高くなる。それは静香にとって嬉しい事ではない。どうしても早苗には一〇六号室で住人を追い出して貰う必要があるのだった。

「静香……」

「お金だけ沢山あって、みんなが居ないなんて絶対に嫌よ、私は………」

「そうだね………うん。本当にそうだね………ぐすっ」

そして早苗は静香に再び抱き着いた。だが今度はくすぐったりはしない。代わりにただ静かに涙を零した。

「ありがとう、静香」

「早苗ちゃん………」

もしかしたら、静香もそうだったのかもしれない。だが二人はただぎゅっと抱き合っていたから、早苗には静香の様子は分からなかった。

しばらく無言でいた二人だったが、やがて笑顔を取り戻して再びお喋りを始めた。ここまでの流れから、早苗と静香の話は自然と孝太郎が一〇六号室へ入居したての頃の話へと移っていく。やはり家具が何もなくがらんとした一〇五号室は、その頃の一〇六号室の様子を思い出させるのだった。

「それがさぁ、孝太郎ってば来てすぐはあたしの事が見えなかったし、声も聞こえてなかったんだよ」

「あれ、そうだったの?」

「うん。だから色々と心霊現象を起こしてみたの。ラップ音とか、微妙に部屋を揺らしたりとか」

早苗は孝太郎と出会った時の事を昨日の事のように覚えている。早苗は孝太郎を何とか部屋から追い出そうと必死になっていた。早苗はその時の事を身振り手振りを交えて懸命に静香に説明していく。そんな幼い子供のお遊戯のような動きは、静香を微笑ましい気持ちにさせた。

「でも駄目だったんだ?」

「うん。一旦寝たら全然起きないし、昼間にやっても別に怖くないし」

「幽霊としては扱い辛い男の子だったのね」

「そー、失礼しちゃうでしょ?　こんなに可愛い早苗ちゃんが近くにいるのにっ」

早苗の頑張りとは裏腹に、孝太郎は全く彼女の存在には気付かなかった。その時の事を思い出した早苗は頬を膨らませて怒る。だがその怒りは早く出ていけという当時の怒りというよりは、構って貰えなかったのは不当だという今の怒りに置き換わっていた。

「ポルター何とかで物をぶつけたりすれば分かって貰えたんじゃないかな？　しなかったの？」

「……………あれ？　そういえばなんでだろう？」

静香の何気ない問い。問われた早苗は首を傾げる。そうなのだ。もっと直接的に物をぶつけて、心霊現象らしさをアピールしても良かったのだ。だが当時の早苗は何故かそれをしていない。早苗自身、そこは不思議だった。

「そーか、考えてみたらあたしの力が強くなったのって孝太郎が来てからだ」

「そうなの？」

「うん。孝太郎がバイト先で頭をぶつけて帰ってきた後からかな、重いものも動かせるようになったの。孝太郎もそのへんからあたしの事が見えるようになってさ」

孝太郎が遺跡発掘のバイトで頭を打って帰って来てから、全てが大きく変化した。孝太郎は早苗の存在を感じられるようになり、彼女は何故か絶好調でいつもより大きく力を増していた。彼女が物を動かしたり出来るようになったのは実はこの時からだった。

「ねえ早苗ちゃん、それってシグナルティンの力が働き始めたせいなんじゃない？」

「あー、そーかも！」

「海の時もそんな感じだったし」

「えへへへ、あたしはあれで孝太郎の気持ちがちょっと分かるようになったんだ」

早苗は笑顔で胸元に手を突っ込むと、首からかけていたものを取り出す。それは『家内安全』と刺繍されたお守りだった。

「孝太郎はね、口ではいろいろ言うけど、あたしに一〇六号室に居ていいって思ってくれてたんだよ」

両手で持ったお守りを眺める早苗は幸せそうだった。かつては早苗の事を拒絶したそのお守りも、海での出来事を境に彼女を守るようになった。それ以降は一度だって拒絶された事はない。それは早苗が一人ぼっちではないと常に証明してくれている、唯一無二の宝物だった。

「………いいなぁ、早苗ちゃんはそういう物があって」

「静香だってころな荘とか一〇六号室があるじゃない。あれが一番のすーぱーあいてむだと思うけど」

早苗はそう言いながら隣の部屋を指さす。すると静香はそちらに目をやりつつ、軽く肩を竦めた。

「そうだけどさあ……持ち歩けないんだもん」

「怪獣(かいじゅう)のおじちゃんに運んで貰(もら)えばいいじゃない」

『運ぼうか?』

「そっとしておいてっ!」

考えてみれば静香は孝太郎から特別な意味があるものを貰った事がない。ちょっとしたプレゼントや他の人と同じものなら幾(いく)つかあるのだが、早苗のお守りやキリハのカードのような唯一無二の特別の品は貰っていない。それがちょっとだけ寂しい静香だった。

「じゃあ、あとで孝太郎におねだりしよ。ふたりがかりなら何とかなるよ」

「そうかな?」

「うん。孝太郎はね、一人のわがままは全然聞かないけど、何人かで言うと聞いてくれるんだよ」

早苗は自信満々だった。今の孝太郎なら、自分達の本気のお願いなら必ず聞いてくれると信じているのだ。そして出来れば他の子達の分もついでにお願いするつもりでいた。

早苗に早苗なりの出会いがあるように、静香にも静香なりの出会いがある。早苗は孝太郎が来るまで一〇六号室の外の事には興味を持っていなかった。だから静香が孝太郎と出会った時の事には少なからず興味があった。

「…………んー、そうねぇ……………真面目そうな男の子だなって気がしたわ」

「何か感じなかった？　うんめー的な何か！」

「残念ながら何にも。………鈍感なのかしら？」

「そんな事ないと思うよ。あたしは追い出そうとしてたもん」

静香にとって孝太郎は、不動産業者に案内されてきた何という事のない住人候補の一人だった。だから正直言ってその日の事は印象が薄い。正確に言うとそれ以降に起きた事の印象が強過ぎて、どうしても印象が薄まってしまっていたのだ。

『初めまして、里見孝太郎といいます』

『笠置静香です。ここの大家をやっています』

孝太郎の服装は標準的で、言葉遣いは丁寧、静香を女の子や同い年だからって軽んじたりもしなかった。きちんと頭を下げ、大家として尊重してくれた。だからこの人なら平気だろうと判断して契約書に判子を押した。ごく当たり前の大家と住人の出会いだった。

「あたしがいるって話はしなかったの？」

「ちゃんとしたわよ。別に事故物件という訳じゃないし、本当ならしなくても良いんだけど、ウチは正直な商売がモットーだから、そういう噂がありますよって教えたの」

「そしたら孝太郎は何だって?」

「幽霊ぐらい平気だって。自信満々で契約書に判子を押したわ」

　孝太郎は生まれてから一度も幽霊を見た事がなく、出てきたら出てきたで撃退しようと考えていた。荷物の中に縁起物が多かったのはそれが理由でもあるのだ。体育会系の部活動で育って来た孝太郎らしい実に単純な考えだった。

「そう言われて静香はどう思ったの?」

「そうねぇ、そう言ってすぐ出てった人も居たから、どうなる事かって思ったわ。でも大家としては噂に終止符を打ちたい訳だから、頑張ってくれればなぁって」

「一応孝太郎の味方だったんだね」

「味方っていう意味だと、お父さんに負担をかけたくないからって言っていたから、その時から里見君の味方だったわ」

「そっか、そうだよね」

　静香にとって孝太郎が気になり始めたのは、そこからだったかもしれない。母親を亡くして父親一人で育って来た孝太郎。その孝太郎が口にした父親の負担を軽減したいという言葉に籠っている感情は、静香には良く分かる。それが孝太郎を多くの住人の一人から少し気になる住人へと格上げしてくれたのだった。

「じゃー、あたし達が暴れた時は？　あの時も孝太郎の味方だった？」

「あの時はどうだったか……よく覚えてないわ。お部屋が壊れそうで怒ってたから、みんなの区別はしてなかったかも」

「あはははは、ごめん」

「いいのよ、ふふふ」

今の早苗にはあの時の静香がなぜあれ程怒ったのかが良く分かる。父親と母親の形見であるころな荘で暴れるという事は、早苗が大切にしているお守りを壊そうとしているに等しい。到底許せる事ではない。立場が逆なら、早苗でもきっと同じように怒ったに違いないと感じていた。

「そしたら、静香が孝太郎を好きになったのは何時頃だったの？」

「そ、それは……」

静香は言い淀む。同時にその顔がほんのりと赤く染まる。ここまでは楽しそうにテンポよく話していただけに、その変化は早苗の目にも明らかだった。

「……おじ様が力を貸してくれるようになった時——違うな。あれは多分はっきり気付いた時だと思う。多分もっとずっと前に、好きになってた気がするわ」

「どうして好きになったの？」

「私は両親を亡くして一人だったから、沢山家族を作って暮らすのが夢だった。それが里見君の近くに居たら不思議と手に入ってしまって……あまりの居心地の良さに、いつの間にか離れられなくなっちゃった」

「えへへへ、あたしもそうだよ。それで孝太郎に憑き過ぎて、殺しちゃいそうになったんだけど。えへ、えへへへっ」

求め続けたものを受け取る幸福感。そこから離れるのは本当に難しい。魂の奥底で繋がってしまったものを引き剥がさねばならないからだ。だがそうしないでいれば、後はエスカレートするばかりだった。

「なんていうか、パズルのピースが嵌る感じがしたんだ。ああ、ここが私の居るべき場所なんだって」

「うん、良く分かるよ静香。それが全てだもの」

静香も早苗も求めるものは同じ、人のぬくもりだった。そして孝太郎の方もそれを求めていたから、お互いに与え合う事が出来た。だから出会ってしまえば後はまっしぐら。二人はあるべき場所にぴたりと収まったという訳だった。

「でもさ、静香」

「え？」

「静香の言う通りだとしたら、あたし達はここに居ちゃ駄目なんじゃない？」

「そうね。部屋の番号が違うわね。私達の部屋は――」

『一〇六号室！』

　そうして二人の声は綺麗に重なり合った。それから二人は見詰め合って大きく頷くと、一〇五号室を飛び出していった。自分達が収まるべき場所へ、収まる為に。

　一〇六号室は孝太郎が契約している部屋なので、大掃除をするのは孝太郎の仕事だ。だが早苗と静香はまるでそこが自分の部屋であるかのように大掃除を始めた。二人は一〇六号室こそが自分達が嵌るべきパズルの外枠だと確信していたのだ。

「見て見て静香！　一番最初の得点表が出て来たよ！」

　ガサガサッ

「やっぱりキリハさんとティアちゃんは強いわねぇ……」

「ゆりかはいつもビリです」

「みんなの関係は変わっても、立ち位置は同じなのねぇ」

「うんめーとはそーゆーものなのです」

「あはははっ、そうねっ！」

だが二人の大掃除は一〇六号室へやって来て幾らもしないうちに大きくスピードダウンした。それはこの一〇六号室に詰め込まれているものが、今日の大掃除を通じて様々な刺激を受けた二人の心を揺り動かすから。綺麗にしようと手に取ったものがことごとく今日までの二年間を思い起こさせ、二人の手は止まってしまうのだった。

「そっか、最初の得点表って五人だけなのね」

「うん。ルースはやってなかったし」

「やっぱり五人じゃ寂しいわね。名前が十人並んでる方がしっくりくるわ」

「十人だと多過ぎもせず、少な過ぎもせず」

「……でも里見君は多いって言うわね」

「意地っ張りだからね。そんな事ちっとも思ってないくせに」

「ふふふっ」

「あはははっ！」

大掃除は進まず、時間だけがどんどん進んでいく。逆に想い出の品を引っ張り出した分だけ散らかってしまっているのかもしれない。そしてその分だけ部屋には明るい感情が満ちていた。

「早苗ちゃん、とても危ない物を見付けてしまいました」

カチャ

「なんだっけ、コレ」

「ティアちゃんの地雷。障害物マラソンで使ったやつ」

「あー、あれかぁ！」

「余ったのか使い忘れたのか」

「一年以上ここにあったのかー。………危なかったねー、ゆりか」

「ホントにねぇ………運が良いのか悪いのか」

確かに大掃除は進んでいなかったのだが、二人にとってはそれで良いのだろう。二人が求めている事は大掃除そのものではないのだろうから。自分というパズルのピースが、どのような形で他のピースと繋がっているのか。一〇六号室の大掃除はそれを知る為の手段であって、目的ではないのだった。

「全然進まないね、大掃除」

「ふふふ、そうね」

「楽しい事だらけだもんね、ここ」

「大変だったのって、最初だけだったわよね？」

「うん……」

二人が一〇六号室で見付けた他のピースとの繋がり方――想い出は、楽しいものばかりだった。辛い事や悲しい事は殆(ほとん)どない。仮にあったとしても、それは素敵(すてき)な出来事への前段階でしかなく、本当の意味での辛い事や悲しい事はこの部屋には存在していない。素敵な想い出ばかりだった。

「幸せって、きっとこういう事なんだろうね？」

「らぶいずおーる」

「ふふふ……ただ、今の私を見て、父さんと母さんは喜んでくれるのかなぁ……そこだけちょっと心配してる」

悲しい事はどちらかと言えば過去に存在している。そして亡(な)くした父母が望むように生きられているのか。答えが得られないだけに、そこが余計に気になる静香だった。

「娘が幸せなんだから、喜んでるに決まってるじゃない。なんでそー思うの？」

だが早苗はそうではない。静香の意図が分からず首を傾げるばかり。早苗の感覚では静香の疑問は奇妙だった。

「親としては色々と思うところがあるんじゃないかと。危ない事もやってきてるし、ころな荘もちゃんとやれてるのかなって」

「心配ないよ。二人とも笑ってるもん」

「えっ？」

「静香のパパとママ、笑ってるから大丈夫」

「見えるの⁉」

「うん。恨みとかないふつーの守護霊だし、静香がピンチじゃないからあんまりハッキリとは見えないんだけど、笑ってるのは確かだよ」

早苗の高い霊能力は静香の周囲に残留している両親の霊力を感じ取っていた。そしてそれがはっきりと喜びの波動を現している事も。だから早苗は静香の言葉の意味が分からなかった。静香には見えないものもあるという事を忘れていたのだ。

「そっか……父さん母さん、私幸せにやってるから」

「そーゆーふーに愛を信じるのとても大事」

「うん。ありがとう、早苗ちゃん」

「えへへへー、早苗ちゃんにお任せなのですっ！」

やがて完全に太陽が沈み、一〇六号室には夜の闇が忍び寄って来る。だが夜の闇が入り込んで来たところで物理的に暗くなる以上の事は起こらない。もうすぐ晩御飯の時間。むしろみんな集まって来て、より元気に明るくなる時間だった。

孝太郎が一〇六号室へ戻ってきた時、部屋が薄暗かったのでまだ誰も帰って来ていないと考えた。だが何気なく部屋の照明を点けると、和室には早苗と静香の姿があった。

「おわっ、早苗、大家さん!?　どうしたんですか、明かりも点けないで!?」

「あー、お帰り孝太郎」

「里見君!?　なっ、何でもないわ！　ころな荘の大掃除のついでにここもやろうって来ただけで……」

「そうでしたか。わざわざすいません」

見れば早苗も静香もエプロンや三角巾を身に着けており、見るからにお掃除の最中といういで立ちだ。そうなると照明の手入れをする時には電気を消すだろうから、孝太郎は特に不思議には思わなかった。そして照明が点いていなかったおかげで、孝太郎は直前まで静香が涙を流していた事にも気付かずに終わった。

「あっ、そうだ孝太郎、静香を肩車してあげて！」

「ん？　なんでだ？」

「えーとね、それは………あっ、いいのあった！　あれあれ！　時計綺麗にするの！」

「早苗ちゃん？」

「いいからいいから！　ともかく二人であの時計を綺麗にして、ちゃんと真っ直ぐに付け直して！」

「ああ、分かった」

早苗の様子はおかしかったのだが、孝太郎は大掃除の手伝いをする事には別段文句はない。そもそも自分の部屋なのだ。それにほったらかしだった壁掛けの時計は確かに薄汚れており、しかも微妙に傾いている。早苗の言葉はもっともだった。

「ごめんね、里見君」

「どうして大家さんが謝るんですか？　掃除してくれてるのに」

「もー、察してよ！」

「まさか、たいじゅ――――」

「言わないで！　言わないでぇっ！」

孝太郎がしゃがむと、静香はその両肩に座るようにして首をまたぐ。元々運動が得意な静香なので、その動きには戸惑った様子はない。それは孝太郎が立ち上がった時にもそうだった。

「大家さんの場合、筋肉が増えた分は仕方がないと思うんですが」

「たとえそうでもっ、里見君に重いって思われたくないのっ！」

「そうやってわざわざ言わなきゃ多少の変化には気付かなかったと思うんですが」

「気付かれた時の女の子のダメージを知らないから言えるのよ、そういう事っ！」

「でも――――」

「もう言わないでっ！　忘れて頂戴っ！」

「ふがふが」

静香は両腕で孝太郎の頭を抱き抱えるようにして口を塞ぐ。孝太郎には言いたい事があったのだが、こういう状態の女性には何も言わない方が良い事はよく知っている。孝太郎は口をつぐむと壁掛けの時計に近付いていった。

「もぉ……そゆとこいけないよ、さとみくんっ」

「ふが」

頭を抱き抱えるようにしたので、静香の顔のすぐ傍に孝太郎の顔がある。そしてこの角

度から孝太郎の顔を見たのは、静香にとって初めての経験である筈だった。

――あれ……？

だが、不思議と静香にはこの顔に見覚えがあるように感じていた。以前にもこういう事があったような気がするのだ。

――なんだっけ、これ……。

静香は自分の記憶を辿る。最近の事ではない。ずっと前の事だ。だがそう時間をかけずに思い出す事が出来た。それは丁度孝太郎が時計の前に移動し終わった時の事だった。

――そうだ、これは父さんとの……。

それは父親の記憶だった。静香は孝太郎に肩車をして貰った事で、父親に肩車をして貰った時の事を思い出したのだ。その時の顔の見え方、そして感じる温もり。それらはもう決して得られない筈のものだった。

「大家さん？　どうかしましたか？」

「ごめん、なんでもない。すぐに済ませるから、しばらくじっとしていてくれる？」

「はい」

静香は溢れ出る涙をそのままにした。どうせ孝太郎からは涙は見えないし、早苗には隠しても伝わってしまうから。だから漏れかけている嗚咽だけを必死にこらえた。

「……早苗ちゃん」

そして静香は早苗を呼んだ。

「なぁに？」

「ぞうきんを取ってくれる？」

「はぁい」

早苗は笑顔で静香の言葉に従った。そしてその笑顔が静香に思い起こさせる。静香の母親が、肩車の親娘を見上げて笑っていた事を。

「……ありがとう、早苗ちゃん」

静香が口にした礼の言葉はシンプルだった。だが、そこには一言では言い表せないほど多くの感情が込められている。普通の人間が相手なら、まず間違いなくその意味を額面通りにしか理解しないだろう。実際、孝太郎はそうだった。

「えへへ……どういたしまして」

だが相手は早苗であるから、言葉はそれだけで十分だった。そして十分であったから、早苗は笑顔を浮かべたまま、目尻に輝く涙の粒を拭った。

Episode4 海と不器用な男達

琴理が構えているカメラのレンズの先には孝太郎の姿があった。たとえ我が兄も同然と慕う相手であっても普段の琴理は孝太郎を真っ直ぐに見ていると照れてしまうのだが、カメラのレンズ越しだと不思議とそうならない。琴理自身はそれをナルファに頼まれた仕事なのだという免罪符があるからか、もしくはこの撮影という事そのものを好きになり始めているからだろうと考えていた。

「皆さんこんにちは！　『青騎士二千年クッキング』の時間がやって参りました！」

ナルファの明るい声をきっかけに、琴理はカメラの映像を後ろに引いていく。すると孝太郎の隣にナルファの姿が現れる。この日の撮影は孝太郎が二千年前に習得した料理を紹介する料理動画だった。

「ベルトリオン卿、今日のメニューは何でしょう？」

「ええと……根菜とダルシャムの脛肉のラキルノ酒煮込みです」

夏休みの直前に初回撮影を行い、今日で三回目。既にフォルトーゼ本国では一回目と二回目が配信されており、大評判となっていた。

「今回は大分荒っぽい料理のようですが」

「教えてくれたのが歩兵隊の料理番のガイレルヴァンってヤツで、彼の故郷……ええとマスティル領北方の山岳地帯の郷土料理だと言っていました」

「なるほど、あの地方は歴史的に猟師が多く気候も寒いですから、保存がしやすい根菜とお酒、そして自分で獲ったダルシャムという組み合わせになる訳ですね」

評判の理由は単純に青騎士が出ている動画という事もあるのだが、孝太郎の解説から二千年前の食文化や人々の暮らしが垣間見え、学術的な意味でも高い評価を得ていた。ちなみにフォルトーゼでは毎年優れた報道に対して大々的に賞が与えられるが、ナルファはこのシリーズの動画で今年の大賞を取る事になる。しかし今のナルファはもちろんそんな事になるとは夢にも思っていない。彼女は新しい動画を撮っている事が楽しくて仕方がないのだった。

「ちなみに地球の食材で再現する場合はこちらになりまーす！」

そこへフリップを持った静香がカメラにフレームインして来る。静香はこの動画に料理のアシスタントとして参加していた。孝太郎の料理の手伝いをする事に加え、今のように料理の材料――じゃがいも、豚肉、赤ワインにハーブを何種か――が書かれたフリップを持ったりして進行を手伝ったりするのだ。それは前までは琴理がカメラと兼任していた仕事なのだが、静香が明確にその役を務めてくれるようになって、撮影は非常にスムーズに進むようになっていた。

「基本的に軍の料理番が作っていた郷土料理なので、調理自体には複雑な手順はありません。作り易く、料理の初心者にも向いていると思います。考えてみれば当時は私自身が料理の初心者だった訳ですから」

孝太郎は作り方を説明しながら、ナイフで根菜の皮を剥いていく。孝太郎一人だと時間がかかるのでその隣では静香も同じ事をしている。静香が皮を剥く速度は孝太郎よりも早く、お料理研究会員としての実力を如何なく発揮していた。

「ではアライア帝と会われて間もない頃に習った、という事ですね」

「そういう事になります。そうそう、アライア陛下で思い出しましたが、私が自分でこの料理を作った時にシャルル殿下がお酒に興味を持ちましてね」

孝太郎の料理解説は時折こうして脱線する事があった。そういう時もナルファは孝太郎を止めたりせず、そのまま話を続けさせる。その代わりにナルファは後で、作業を解説する字幕を入れる。彼女自身が、こうした孝太郎の話の脱線を望んでいるのだった。

「と、おっしゃいますと？」

「料理に使った余りのラキルノ酒を飲んでみたいと大騒ぎになりまして」

「当時はアルコール類の年齢制限はどうだったんですか？」

「まだありませんが、私は酒が子供の身体に害になると知っていましたから」

「それでは相当もめたのではありませんか？」

「はい。乗馬に連れていく約束をして、ようやく殿下に納得して頂きました」

「あはははは、その時の御様子が目に浮かぶようです」

こうした脱線時に飛び出してくる過去の皇族達とのエピソードもこの動画シリーズの人気を決定付ける要素の一つだった。しかも話題は基本的に料理がらみなので、平和なエピソードしか出てこない。結果として大人から子供まで安心して見られる動画に仕上がっているのだった。

「アライア帝もこの料理をお食べになられたのですか？」

「はい。二度目にこの料理を作った時、私は香り付けに木の実を煎って砕いたものを足したのですが、アライア陛下はそちらの味を好んでおられたようです」

「視聴者の皆さん、アライア帝のお好みの味にするには木の実を足すそうですよ」

孝太郎とナルファの軽快なお喋り、そして料理から垣間見える二千年前の人々の暮らしぶり、更には皇族達とのエピソード。気になるポニーテールの可愛いアシスタント。そうしたものが一体となって、この動画を人気作品に押し上げていたのだった。

三度目という事もあって、撮影は滞りなく予定通りの時間に終了した。動画の制作はこの後に編集作業が控えているのだが、ナルファと琴理はこの日はこれで終わりにする事にした。焦っても良いものは出来ないと知っているのだ。それにこれから出来立ての美味しい料理を食べるので、気持ちが仕事の方を向いてくれないという事情もあった。

「うわー、おいしそー！」

「思ったより凄いのがきましたぁっ！」

テーブルに乗った煮込み料理に早苗とゆりかが目を輝かせる。日本風に言えば、果実酒で豚肉とじゃがいもを煮込んだ料理という事になるだろう。郷土料理特有のある種の豪快さのおかげで見た目にインパクトがあり、それでいて果実酒で煮込まれた事で豚肉はとても柔らかく、最後に加えられたハーブ類の香りのよさが食欲を引き立ててくれる。それは孝太郎が作ったとは思えない、見事な出来栄えだった。

「こっちのパンと一緒に食うと良いぞ。それとこのペーストはパンと肉、どっちに付けても美味いから好みで使ってくれ」

「もうお腹ぺこぺこですぅ！」

「いっただっきまーす！」

孝太郎の説明が終わるか終わらないかのタイミングで、早苗とゆりかは猛然とした勢いで料理を食べ始めた。その姿はまるで子供で、孝太郎は微笑ましい気持ちになった。

「コータロー様？」

隣で料理の取り分けを手伝っていたナルファが孝太郎が笑っている事に気付いた。そして軽く首を傾げる。

「ん？　ああ……シャルル殿下がちょうどあんな感じだったなぁと」

「そういう事でしたか。ふふ」

事情を察したナルファは早苗とゆりかに視線を向ける。そして撮影の時の話を思い出して、孝太郎と同じように微笑んだ。

「本当はティアがああやって食ってくれると一番似てるんだけどな」

やはり血筋なのか、ティアの姿はシャルルを思い起こさせる。そのティアが早苗やゆりかのように勢い良く食べていれば生き写しになるだろう。だがもちろん、ティアにも言い分があった。

「わらわはもう大人じゃ！　そんなはしたない真似が出来るか！」

「ちゃんと分かってるよ。ただちょっとだけ、懐かしかっただけだ」

孝太郎もそこはちゃんと分かっている。ティアに強いるつもりは無かった。それでも想い出の欠片が現れた時には、そこに注目してしまうのは仕方のない心の働きだろう。

「……………」

孝太郎が素直に退いた直後、ほんの僅かにティアの表情が曇る。もしかしたらあの答えは失敗だったのではないか――――ティアはこの場に琴理やナルファが居たので礼儀を守った訳なのだが、気にせずやった方が良かったのではないかと後悔し始めていた。

「おそれながらティア殿下、シャルル殿下はこんな風に食べていました、という再現映像を撮りたいのですけれども、御協力を願えませんでしょうか？」

そんなティアの様子に気付き、ナルファが助け舟を出した。ナルファもやはり女の子、ティアの複雑な気持ちは良く分かった。それに孝太郎の懐かしげな笑顔の向こうに、ほんの少しだけ寂しそうな感情が揺らめいているような気がしたから。

「再現映像？」

「はい。今回の動画に付ければ絶対に見て下さった人達が喜んでくれると思うんです。動画の中でコータロー様がシャルル殿下の話をしていますから」

「そ、そうか。そういう事なら致し方ない、協力しよう」

再現映像の為の演技である、そういう建前さえあれば何も問題はない。ティアは内心では大きく安堵しつつ、ナルファの申し出を受け入れた。

「ありがとうございます、ティア殿下」

ナルファが礼を言っているが、実際のところ協力したのはナルファの方だ。だがナルファはそんな事を少しも感じさせない、明るい笑顔を浮かべていた。

「どうせなら可愛く撮って欲しい」

「もちろんです！　コトリ！」

「はい、任せて下さい！」

琴理もナルファと同じ気持ちだったのか、笑顔で力強く頷いた。そして二人はバッグにしまい込んであった撮影機材を再び取り出すと、手早くセッティングしていった。

「それでは殿下、お願い致します」

「う、うむ……」

カメラと照明を向けられたティアは、ちらりと孝太郎に目をやってから、礼儀作法を無視して食事を始めた。ティアは器を手に持って、かき込むように勢いよく食べ進める。

――なんというか、ティアの中にシャルル殿下がいるような気がするなぁ……。

それは血筋のなせる業か、この時のティアの姿は本当にシャルルそっくりで、孝太郎は思わず涙ぐんでしまいそうな程だった。

――ナルファさんとキンちゃんには、後で何かお礼をしないといけないな……。

そして忘れてはならないのは、ナルファと琴理。二人は不器用なティアの為に、恐らくは孝太郎の為にも、一肌脱いでくれた。二年前ならいざ知らず、今の孝太郎はそういう二人の優しい心を見逃したりはしない。孝太郎は撮影の様子を眺めながら、どんなお返しが良いだろうかと考え始めた。

女の子が喜びそうなお礼は何かという事は、孝太郎にとって難しい問題だった。だが幸いな事にその答えになりそうなものが、すぐに目の前に現れた。そこで孝太郎は素直に二人に尋ねた。

「ナルファさんとキンちゃんも一緒に行くかい？」

「私達はその、嬉しいんですが……」

「コウ兄さん、行くかいって、そんな簡単に決めちゃって良いんですかっ⁉」

「十人が十二人になったところで問題はないだろう。プライベートビーチなんだから」

孝太郎が二人に尋ねたのは、孝太郎達の海水浴にナルファと琴理も参加しないか、という事だった。お礼としては下手にプレゼントを渡すより、一緒に遊びにいく方が手堅いという事は、女心に疎い孝太郎でも分かっていたのだ。

「そうだよな、ティア」

「……うむ、何も問題はない。二人とも大歓迎じゃ」

一瞬だけ考えた後、ティアは大きく頷いて孝太郎の言葉に同意した。ティアは初め孝太郎の言葉に驚いたのだが、すぐにそれが何の為であるのかに気付いて同意した。言葉にはしなかったが、ティアも二人が気遣ってくれた事には感謝していたのだ。

「それに夏休みの間もナルファの護衛に人員を割かねばならぬ事を考えると、ナルファがわらわ達と一緒に居れば、護衛の者達に休みを出せよう」

「ああ、言われてみれば確かにそういう利点もあるよな」

孝太郎は思わず感心する。確かに上に立つ者として、部下達の休暇に気を配るのも重要な事だ。ティアがそういう事を忘れていなかったのは素晴らしい事だと言えるだろう。

「尊敬したか？」

「それを言わなきゃ、したかもな」

「素直に申せ、この意地っ張りめが」

「ティア、こないだの身体測定で、身長殆ど伸びてなかったんだって？」

「そこは素直にならんでよろしい！」

　本題そっちのけで、孝太郎とティアの話は激しさを増していく。いつも通りの元気さ、底抜けの明るさを感じて、当初は気後れしていたナルファと琴理の顔にも笑顔が戻る。そして二人は頷き合った。

「コウ兄さん、私達も御一緒させて貰います」

「それで………コータロー様、皆様が水着姿じゃないところを撮影させて貰ったりしても良いですか？」

「あはははは、ちゃっかりしてるな。良いんじゃないか、そのぐらい」

「わらわは水着ぐらいかまわぬが」

「私かまう～！　水着姿で足が砂にめり込む映像とか撮られたら、お嫁に行けなくなっちゃう！」

『すまん、シズカ』

「おじさまのせいじゃないから仕方ないけど、水着姿は撮らないで～～！」

水着姿の撮影には、静香が半泣きで反対した。先日のフォルサリアでの戦いから、二週間以上の時間が経過していた。だがダールザカーとの戦いでアルゥナイアは大量に魔力を消費しており、それがまだ回復していなかった。おかげでアルゥナイア自身が生み出す重力場の歪みを補正し切れておらず、静香の体重は優に百キロを超えていた。今は歩くとミシミシと床が音を立てるような状況で、恐らく砂浜なら足が埋まるぐらいの事は起こりかねない。それが映像の記録として残ってしまうのは、静香としては悪夢だった。

「大丈夫です、シズカ様。水着姿は撮りませんし、他の場面でも足元は撮りません」

「本当に～？」

「私も女の子ですから気持ちは分かります。それにいつもクッキングのアシスタントでお世話になっていますから」

不安がる静香に、ナルファは優しげに笑いかける。するとようやく納得したのか、静香は小さく息をついた。

「ああ良かった……折角新調した水着が着れないところだったわ」

「そうだ水着！　ナルちゃん、水着は持って来てる？」

「ありません」

琴理の問いに、ナルファはふるふると首を横に振る。留学の荷造りをする時に、地球でも手に入りそうなものは持って来なかった。これは持っていける荷物の量に制限があったからだった。水着もそうして除外されたものの一つだった。季節的にすぐには使わないものだったし、そもそも夏までの期間で、そういう事を共にするほどの友達が出来るかどうかも分からなかった。琴理と親友になったのは結果論なのだ。

「じゃあ買いに行かなくちゃ！」

「地球の水着かぁ……ちょっと楽しみです」

「ナルちゃん、折角だから撮影すれば良いんじゃない？　向こうの女性達は地球の流行を知りたがるかも」

「そうですね、是非そうしましょう！」

ナルファと琴理の参加が決まり、話題は海水浴の準備に関する事へと移っていった。それらは水着だの日焼け止めだの、男性の孝太郎にはついていけない話題も多い。孝太郎がそうした事に困っていた時の事だった。

ぴろーん

「お？」

孝太郎のスマートフォンにメールが着信した。スマートフォンを取り出すと、メールはネフィルフォラン隊の副隊長――ナナとは別にいるもう一人の――から送られて来たものだと分かった。メールの件名には『訓練への参加要請』と記されていた。少女達の話題が参加し辛いものであったので、孝太郎はそのままメールを開いて内容を確認した。

発　：ネフィルフォラン隊副隊長　コゼッタウント・ヒューデイン・ヒルボレイス
宛　：神聖フォルトーゼ銀河皇国軍総司令　レイオス・ファトラ・ベルトリオン卿

件名：訓練への参加要請

先日の訓練の際に御挨拶させて頂いた、ネフィルフォラン隊副隊長コゼッタウントであります。このようなメールでの連絡は初めてとなります。まずは先日の訓練に御参加頂いた事に深く感謝申し上げます。

今回の連絡は件名に書きました通り、再びベルトリオン卿に訓練への御参加を願えないかと考えてのものです。前回は一般的な訓練でしたが、今回は敵が魔法や霊力を使うケースの訓練を行いたいと考えております。それ故にベルトリオン卿の御助力が得られれば、より高度な訓練が可能となるかと思います。詳細はこのメールに添付しました、訓練の計画書を御参照願えればと存じます。

当方の都合ばかりを並べてしまっていて大変恐縮ではありますが、何卒参加を御検討頂けますようお願い申し上げます。

送られて来たメールを読み終えた時、孝太郎は流石だなと唸った。メールを送って来たのは副隊長だが、訓練の必要性を感じたのは隊長のネフィルフォランだろう。彼女はグレバナスの復活を知り、恐らくナナからその脅威を聞き、出来るだけ早く対魔法戦闘の準備が必要だと考えたのだろう。グレバナスの復活から殆ど日を置いていないこのタイミングで早くも手を打っているのは、ネフィルフォランの優秀さの証明と言えるだろう。

「どうした、里見孝太郎」

孝太郎の様子に気付いたキリハが這うようにして近付いてくる。そんな彼女に孝太郎はスマートフォンの画面を差し出した。

「ネフィルフォラン殿下が、対魔法戦闘の訓練がしたいと言って来たんだ」

キリハは孝太郎に寄り添うようにして画面を覗き込む。するとその長い髪が孝太郎の手をくすぐった。

「素早いな。多分、報告書を読んですぐに連絡をしてきたようなタイミングだ」

現在、大地の民・フォルサリア・フォルトーゼは完全に足並みを揃えて行動している。だから先日のフォルサリアでの出来事は各勢力の上層部に報告されていた。しかしより詳細で正式な報告書が提出されたのは昨日の事で、キリハのところにも昨日の夕方に届いていた。だから今メールが来たという事は、報告書を全て読んですぐに対応が必要だと考えて動き出したという事になる。孝太郎の想像は当たっていた。

「ネフィルフォラン殿下はもちろん、部隊の奴らも気の良い連中だから、協力してやりたいな」

メールを読み直しながら、孝太郎はネフィルフォラン隊の事を思い返す。ネフィルフォランとの模擬戦以外にも、既に一度、彼らと訓練をやった事があった。模擬戦でネフィルフォランが孝太郎の事を知りたがったように、ネフィルフォランは孝太郎に部隊の能力を見せてくれたのだ。訓練は紅白二部隊に分かれ、それぞれを孝太郎とネフィルフォランが率いる形で行われた。初めての指揮だったが、彼らは孝太郎に敬意を払って上手くサポートしてくれた。部隊運用では付き合いが長い分ネフィルフォランが有利で紅組が勝ったのだが、その実力は孝太郎に十分に伝わった。また部隊の連中が纏う空気は、孝太郎に二千年前の仲間達の事を思い出させ、懐かしい気持ちにさせてくれた。そういう彼らが魔法を知らないまま危険な任務に就くのは忍びない。孝太郎は彼らに協力してやろうという気になっていた。

「まるで軍の要人であるかのような口ぶりだな」

孝太郎の言葉を聞いてキリハが笑う。同じスマートフォンを覗き込んでいたので、キリハの笑顔は驚くほど近い。

「俺は軍の最高司令官だよ、一応。一応だけど」

キリハの笑顔に大きく動揺させられた孝太郎だったが、何とか話を続ける事が出来た。最近のキリハはしばしばこういう不意打ちを仕掛けてくる。だがやめさせようにも、やめさせる理由がない。むしろ続けていい理由の方が多かった。

「そんなの後でいいですわっ!」

そんな時、助けになるのがキリハの意図を理解していない他の少女達だった。人間関係の経験に乏しいクランはその筆頭だろう。この時のように、クランやティア、早苗やゆりかといった面々はしばしば意図せず孝太郎を助けてくれていた。

「お前それ問題発言だぞ？」

クランのおかげで調子を取り戻した孝太郎は、彼女に苦笑気味の笑顔を向ける。だがその笑顔の裏では、彼女に感謝していた。

「海の話はどうなったんですのっ、海の話は！」

「わらわ達の水着の方が大事じゃろう！」

ティアとクランは海や水着の話そっちのけで、訓練要請のメールを楽しそうに読んでいる孝太郎に不満があった。これは女性がデートをそっちのけで部活の話をする彼氏に対して感じる不満に近いだろう。

「お前らはいつでも大事なんだよ」

「そっ……そっ、そんな言葉では騙されぬからなっ！」

「そうですわっ、だっ、騙されませんわっ！」

ただ孝太郎もいつまでもやられっぱなしではない。キリハ相手はまだ厳しいが、他の少女達には一方的にやり込められる事は少なくなってきていた。それは孝太郎が本当の意味で彼女達の事を受け入れ始めたからこそ、出来る事なのだろう。

　フォルサリア魔法王国での騒動から半月余りと日が浅く、またラルグウィンとの争いも燻り続けている。それでも休み無しで働き続けろというのはあまりに乱暴だ。少しばかり気を休める日があった方がより良く働ける筈だ――そう考えて孝太郎達は海へ遊びに行く計画を立てた。とはいえ忙しい面々が多いので、一泊二日が限度。今回は特に孝太郎が忙しく、二日目は朝からネフィルフォラン隊の訓練に付き合う事になっていた。

「移動に時間が取られないのが俺達の強みだよなぁ」

「たっぷり感謝するがよい。ルースは昨日のうちから楽しそうに転送ゲートの準備をしておった」

「ルースさんなら礼を言っておこう。一同、礼！」

『ありがとうございまーす！』

「おやかたさまっ、皆様っ、お礼を言って貰う程の事では……」

「なんじゃっ、わらわだったら礼は言わなかったという事かっ!?」

　孝太郎達は初日の早朝には砂浜――例のプライベートビーチだ――に立っていた。

フォルトーゼの空間歪曲技術を使い、一〇六号室から瞬間移動してきたのだ。通常なら集合から現地に到着するまでに何時間もかかってしまうので、通常の高校生の一泊二日の旅に比べればその分だけ恵まれていると言えるだろう。孝太郎達がルースにお礼を言うのは決して大げさではなかった。

「お前はどっちかと言うとプライベートビーチを押さえてくれた方だろ」

「え!? ああ、うん、そ、そうじゃろうな……」

「一同、礼!」

『ありがとうございまーす!』

「う、うむ、皆に楽しんで貰えれば幸いじゃ」

このプライベートビーチを用意したのはティアだった。去年までとは違ってティアやクラン、ルースがフォルトーゼの要人である事は多くの人間に知られている。加えて留学生のナルファも居る。この状態では一般の海水浴場に行くと警備上の問題があった。人が多過ぎて守り切れないのだ。もちろん本気を出せば周囲をがっちりと警備で固める事は出来るだろうが、それでは海水浴が楽しいとは思えないだろうし、周囲の海水浴客に迷惑をかけてしまう。それを避けるにはプライベートビーチというのは良い手段だった。ビーチを貸し切るとお金はかかるが、反面警備が楽になる。孝太郎達の傍に大量に人員を配置しなくて済むという点だけをとっても差は大きい。結果として一般の海水浴場へ行って警備を固めるよりはずっと低コストだった。

「その話の流れですと、私達はベルトリオン卿にお礼を申し上げねばなりませんね」

「御招待ありがとうございます、里見さん」

そしてこの場には孝太郎達に加えて、ネフィルフォランとナナの姿があった。この日のネフィルフォランは軍服姿ではなく、落ち着いた装いの私服姿だった。これは彼女の背後に控えるナナも同じ――――ネフィルフォランより随分可愛らしい姿だが――――だった。

「わがままを聴いて頂いたのはこちらの方ですが」

「結果的に我々も海を堪能できる訳ですから」

ネフィルフォラン隊がここにいる理由は二つある。一つは孝太郎が参加する事になっている訓練の為。もう一つは孝太郎達の護衛をする為だった。

ネフィルフォラン隊はフォルトーゼ関連施設の警備という任務を一時的に他の部隊に任せ、明日の訓練の為に全軍がこの場所へやって来ていた。その人数はおよそ二千五百。四つある大隊を二つに分けての大規模訓練が予定されている。現在はその四つの大隊のうち一つが孝太郎達の護衛をしている。彼らは孝太郎達の邪魔にならないよう見えない場所にいるのだが、非常に厳重な警備体制を敷いてくれていた。残りの三つの大隊のうち一つが明日の準備。残りの二つは非番で、山を挟んだ反対側にある別のビーチで休息している。この四つの大隊は時間ごとに役目を交代する事になっているので、半日程とはいえ全隊員が海で泳いだり魚を釣ったり出来る筈だった。

　そして連隊長のネフィルフォランがここにいるのは、彼女も午前中が非番であるからだった。非番の彼女はもちろん一人の皇女なので、護衛が必要になる。そういう訳で彼女は非番組の隊から離れてこの場所にいた。今はナナの他にもう一人いる副隊長――孝太郎にメールを出した――が連隊長代理として全軍を統括する形になっていた。

　こうなったのは孝太郎が訓練を明日、この近くでやろうと提案したからだった。訓練を行うのは、二つのビーチの中間にある山の中。そこでやれば時間を有効活用できると考えての事だった。

「おかげで遂に私の身体の防水機能が試される日が来たの！」

「あれぇっ、ナナさん一緒に泳げるんですかぁっ⁉」

「ええ！　皆さんが作って下さったこの身体は大したものよ！　もっとも、後で錆びないようにオイルを塗らないといけないけど」

「私が後で塗りますよぅ！」

「あはは、お願いね、ゆりかちゃん！」

　ナナがネフィルフォランと一緒に来ているのは、単純に知り合いと遊ぶ為だった。それと一応、念の為に護衛としての意味もあった。ナナは一見幼くか弱い少女だったが、実際にはこの場にいる誰よりも強いかもしれない。特に武器が手元になく無防備になりがちな海ではそうだった。

　孝太郎達は宿泊先のホテルに荷物を置くと、早速水着に着替えてビーチに繰り出した。一番乗りは早苗。待ち切れない彼女は服の下に水着を着ていたので、せっかちなティアよりも先んじた格好だった。

「いっちばーん!」

　ばっしゃーん

　早苗は足取りも軽やかに、走って来た勢いのままに海へと飛び込んでいった。この日は朝から快晴で微風、絶好の海水浴日和だ。早苗が飛び込んだ時の水飛沫が、真夏の日差しを浴びてキラキラと輝いていた。

「むぅ、後れを取ったか……」

二番手はティアだった。大慌てで早苗を追ってきたのだが、やはり服の下に水着を着こんでいたかどうかの差は大きかった。ティアは水着の肩紐の位置を直しながら――走っている途中で脱げそうになった――不満げな顔をしていた。

「そりゃっ！」

どばっしゃーん

だがそれも一瞬の事だった。ティアはすぐに笑顔に戻ると、早苗同様に海へ飛び込み激しい水飛沫を上げた。今大事なのは海。それに比べれば一番乗りを逃した事など、大した問題ではなかった。

「そういうのなら負けないわよっ、それぇっ！」

三番手は静香だった。静香は着替えた後の見た目にもこだわって多少時間をロスしたものの、単純に足が速い彼女はホテルからビーチまでの道程をあっという間に駆け抜け、一気に海へ飛び込んだ。静香のジャンプは高く、空中で器用に一回転してから身体を大の字に広げて着水した。

びしゃーん

その時に跳ねた水の量は明らかに先の二人よりも多かった。

「……ぷはー、どうだった？」

ずぶ濡れになった静香が海面から顔を出す。すると同じようにずぶ濡れのティアが静香の顔をじっと見つめた。

「確かに凄かったが、痛かったのではないか？」

静香の顔は少し赤くなっていた。手で触っても手応えは殆どない海面も、猛烈なスピードでぶつかれば痛い。顔が赤いのはそのせいだった。

「凄く痛かったー。でもこういう事が出来る機会ってそうないじゃない？」

しかし静香の表情は明るい。こういう子供じみた行為が出来るのは、仲間内だけで遊んでいるからだし、ビーチが貸し切りだからだ。普通の海水浴では周囲の迷惑を考えてなかなかこういう大胆な事は出来なかった。

「そうか、プライベートビーチなら安全というだけでなく、過激に遊んでも誰にも迷惑が掛からぬという訳じゃな」

「そうそう。それにこっちもね」

静香はティアの言葉に笑顔で頷きながら、自分の身体を見下ろす。彼女が着ている水着は落ち着いた配色なのだが、ティアのもの以上に身体を覆う面積が少なかった。静香がこの水着を選んだのはこの場所には他人が居ないからだ。一般の海水浴場でこれを身に着ける勇気は流石になかった。

「孝太郎が気付くかなぁ……」

早苗が腕組みをして難しそうな顔で考え込む。孝太郎はしばしば女の子の期待を裏切る事があった。以前とは違って今の孝太郎の場合はその頻度が減ってきてはいるものの、それでも静香の期待が外れる可能性は大いにあった。

「今回は流石に無視できないわよ。だって、なんだかんだでみんないつもより大胆な水着になってるもの」

「確かに、あたしは去年よりちょっと大きくなった胸を強調してみました」

「わらわは身体の線が出やすいものを選んでおる」

「でしょう？　それにホラ、あの辺に最終兵器がいるし。流石の里見君もちょっとは何かを感じてくれる筈よ！」

静香は自信満々といった様子でホテルの方を指さす。そこには並んで歩いてくるネフィルフォランとキリハの姿があった。ネフィルフォランの水着は性格ゆえか競技用を思わせるシンプルなもので、キリハは主張し過ぎない配色の落ち着いたデザインのワンピース。だがどちらにも共通していたのが、大きな胸が水着から零れ落ちそうになっているという事だった。特にキリハは歩く度に胸が上下しており、去年から更にサイズアップしているのは明らかだった。ネフィルフォランの胸はキリハ程ではなかったが、鍛え上げられた身体が美しいボディラインを描いており、バランスの取れたモデルのような雰囲気を作り上げている。それは他の少女達には備わっていない唯一無二の武器だった。

「皆さん、早速海に入っておられるのですね」

「気持ちは分かる」

三人がネフィルフォランとキリハについての話をしていると、程なく当人達がやってきた。近くで見るとやはり二人の水着姿は圧巻で、三人は思わず顔を見合わせてしまったほどだった。

「どうした三人とも?」

他人の感情に敏感なキリハは三人の不思議な行動に気付いて首を傾げる。すると三人はもう一度顔を見合わせた後、静香が代表して返答した。

「ネフィルフォランさんもキリハさんも、スタイルが良いなぁって話していたんです」

なるべく胸の話にならないように、それでいて本筋から離れないように。この話の仕方が三人のプライドが守られるギリギリの線だった。

「確かにネフィルフォラン殿は女の身から見ても溜め息が出るような美しいボディラインをしている」

「そんな、キリハさんも相当に美しいスタイルをしていますよ」

キリハにじっと身体を見られたネフィルフォランは顔を赤くし、慌てた様子でキリハの事を褒め返した。武道一辺倒で来たネフィルフォランなので、急に身体を褒められて照れ臭かったから、自分から話題を逸らしたいという気持ちはあった。だが筋肉でやや角張った自分の身体と比べると、キリハのようなやや丸みを帯びた女性らしさが羨ましかった。古風な考え方をするネフィルフォランなので、自身のモデルのような体形よりも、キリハのような女性らしい体形に憧れを持っていた。だからキリハを美しいと言った事は紛れもない本音だった。

「どうやら我の敗因は運動不足のようだ」

キリハはそう言って笑う。キリハはキリハでネフィルフォランに対する憧れがあった。キリハ自身も薙刀や剣、銃の心得はあるが、孝太郎の横で一緒に戦える程の力はない。いかにキリハが天才であろうと、それを実現するだけの身体能力がないのだ。そしてネフィルフォランの身体はそれを可能にする。一意専心、ひたすら武道に打ち込んできたが故の美しさはキリハの憧れだった。

「あはは、一番の運動不足はゆりかちゃんじゃないかしら？」

そんな時、キリハ達の話題にナナが飛び込んできた。いつの間にか彼女もビーチに到着していた。彼女の後ろにはゆりかとクランの姿もある。着替え自体は早かったものの、のんびりしている友達に合わせてゆっくり来たナナだった。

「私だってちゃんと運動してますよぅ」

そう言ってゆりかは自分のお腹の辺りを見下ろす。幸いな事にゆりかのお腹はスリムだった。数週間前までは幾らかふくよかだったので、慌ててダイエットしたのだ。流石のゆりかも体重が増えた状態で水着姿を披露する勇気はなかった。

「………一番の運動不足はわたくしかも知れませんわね」

クランは既に薄っすらと汗をかいていた。彼女は普段研究室から動かないので、到着地点から始まってホテルの部屋、そしてここまで歩いただけで彼女の身体はきついと文句を言い始めていたのだ。だが幸い、クランは運動不足でも体形が崩れたりはしていない。クランは食が細いので、太ったりはしないのだ。もっとも、それはそれで不健康ではあったのだが。

「ま、良いんじゃないか、自覚があるなら」

そこへ孝太郎が通りかかる。孝太郎は男性なので着替え自体はすぐに済んだのだが、パラソルやクーラーボックス、スイカなど重そうなものを沢山抱えていたので、ビーチに到着したのはこのタイミングだった。

「………珍しく厳しい事は言いませんのね？」

クランは上目遣いで孝太郎の表情を盗み見る。いつもの孝太郎なら運動不足について一言二言苦言を呈する。それをしない事が彼女には不思議だった。

「折角みんなで楽しく遊ぼうって出て来たのに、いきなりぶち壊す事もないだろ。それに今日明日しっかり遊べば運動不足の解消にも繋がるだろうしな」

孝太郎はそう言いながら自分の首にかかっているタオルを手に取ると、クランの額に滲んだ汗を拭い始めた。クランはそんな孝太郎の行動に驚きながらも、その場から動かずにされるがままになっていた。

「おし、綺麗になった。んじゃな～！」

それが済むと、孝太郎は笑顔で再びタオルを首にかけると、何事も無かったかのように一同から離れていった。抱えているパラソルやシートを設置したりする必要があるので、孝太郎はそのまま海に飛び込むという訳にはいかなかったのだ。

「……」

クランは目を丸くしながら、去っていく孝太郎の背中を黙って見送った。その時にクランが何を思っていたのか、それはすぐに他の少女達が代弁してくれた。

「ベルトリオン卿、今……凄い事をさりげなくやっていかれましたけれど……」

クラン同様、度肝を抜かれていたのがネフィルフォランだった。孝太郎にとっては何気ない行為だったのだろうが、年頃の少女にとっては特別な意味を持つ行為だった。

「そうなんですよ、ネフィルフォランさん！　里見君は最近、今みたいな凄いのをやってくれるようになったんですっ！」

驚くネフィルフォランとは違って、静香は単純に喜んでいた。楽しい日に厳しい事を言う必要は無い、それは分かる。だが女の子の顔を拭いていくなど、ただの友達がやる事ではなかった。しかも相手は銀河の半分を有する超大国の皇女様なのだ。一定以上の覚悟が無ければ、絶対に出てこない行動と言えるだろう。孝太郎がそれを彼女達に示し始めたのがどういう事なのか――静香はそれを喜んでいたのだった。

『察するに……繁殖か？』

「違いますっ！　おじさまはそういうところがおじさんだと思うわっ！」

『ス、スマン』

「孝太郎にとって我らは我が身も同じという事。自覚があるのかどうかは分からないが、そう考えて貰える事は喜ばしい事だな」

少女達の気持ちは、この時のキリハの言葉に集約されるだろう。かつては心の奥底で他人を拒絶しているようなところがあった孝太郎。だが最近はそういう生き方を変えようと努力している姿が垣間見えるようになった。それは少女達を受け入れようとしているという事。かつての孝太郎を知っているので、それが嬉しい少女達だった。

「皆様、どうかなさいましたか？」

「里見君と何かあったみたいですが……」

そこへルースと真希、晴海の三人がやってくる。その後ろにはカメラを回しているナルファと琴理の姿もある。ちなみに今二人がやっている撮影は、公開する為ではなく想い出記録用だった。これで少女達は十三人勢揃いだった。

「今ね、孝太郎が男前な事をやっていったの」

「最近は時々あるじゃろ、そういうの」

早苗とティアが事情を説明すると、晴海は大きく頷いた。

「私達のおまじないというか、願掛けというか――が効いたんでしょうか？」

晴海は嬉しそうに笑いながら右手を軽く振って見せる。そこには相変わらずリボンが結ばれている。かつて夢で見た、孝太郎と交際中の晴海の真似をしたものだった。

「そうかもしれません。私達と、里見君の両方に。ね、ごろすけ」

「うみゃあ！」

話を分かっているのかいないのか、良いタイミングで子猫が一声鳴いた。晴海のリボンを始めとする少女達の願掛けアイテムは、どちらかと言えば少女達自身が一歩踏み出す勇気を忘れない為のものと言える。それが少女達の行動を変え、その影響が孝太郎の方にも現れている。状況からして、少女達の願掛けあるいはおまじないは、成功したと言えるのかもしれない。

「ふふふ、魔法使いがおいでなのですから、おまじないも効くのではありませんか？」

魔法があるならおまじないだって効くかもしれない。ルースの言葉はとてもメルヘンだったが、少女達からは否定の言葉は出なかった。そう考えた方が楽しいし、幸せだからだった。ちなみにルースの願掛けアイテムは私服なので、今は自分の部屋に大事にしまわれている。ただこの時に彼女が水着の上から羽織っているパーカーは、願掛けアイテムと同じアパレルメーカーのものだった。

「本当は真っ先に水着の事に気付いて欲しかった訳だけど……まあ、あれをやっていった以上は許すしかないわね。もぉ、里見君ったらぁ……」

静香は困ったように、それでいてどこか嬉しそうに笑っていた。気付いて欲しい事には気付かなかったが、孝太郎はそれを補って余りある事をやっていった。これに文句を言うようではあまりに酷だろう――静香はそんな風に思っていた。

「コウ兄さんはカッコ良さにムラがあるからなあ……」

琴理はしみじみとそう呟く。琴理の場合、付き合いが長い分だけ色々と思うところがあった。

「そうですか？　私はいつも素敵だと思いますけれど」

「それは私もそう思ってるけど」

「コトリ、言ってる意味がよく分からないです」

それから少女達は口々に孝太郎に対する不満を並べたてていったのだが、それは静香同様に表面的なものだった。確かに水着の件は残念だったが、大きく見れば孝太郎は必要な事をやっていった。本心では全員が満足していたのだった。

これまでの生活や戦いにおいて、ナナの身体を覆う人工四肢は優れた性能を発揮してきた。また食器を洗ったりとか、お風呂に入ったりなどの比較的短時間の耐水性は既に確認されている。だがまだ海に入った事はなかった。クランはそれが可能になるよう設計していたが、そうした問題は実際にやってみるまでは分からない。海に入る場合は同時に大きく身体を動かすので、風呂やシャワーとは条件が違うのだ。おかげでナナが海に入る時には、クランはどことなく緊張していた。

「いきますよー！」

それに対して当のナナは気楽な様子だった。ナナはこれまでの事でクランの技術を信頼していたし、仮に海で少し不具合が出たとしても普通に日常生活が出来るようにして貰った事に比べれば些細な問題だった。つまり信じていたし、最初から許す気持ちが出来上がっていたのだ。その上みんなで遊びに来た海。子供時代に楽しい想い出が少ないナナなので、今が楽しくて仕方が無いのだった。

「よーし、こーい！」

「では！」

孝太郎の返事を合図に、ナナは走り出した。砂浜なので走る速度はいつもより少し遅いが、それでも女性としては十分以上に速い。ナナは波打ち際にいる孝太郎に向かって全速力で走っていく。そして孝太郎は両手を組んでしゃがみ、ナナが来るのを待っている。ナナが高く飛び上がる為の足場になろうというのだ。

「里見さんっ！」

ナナの小さな足が孝太郎の手の上に乗る。

「おうっ！」

その瞬間を見逃さず、孝太郎は立ち上がりながらその手を頭上まで一気に持ち上げる。

するとナナの小さな身体はロケットのような勢いで宙に舞い上がった。

「ここから！」

孝太郎から得た分の勢いを使って、ナナは空中で複雑な回転を始めた。彼女は横にくるくると回りながら、縦方向にも回っている。その姿はまるで体操選手のようだ。だが体操選手と違って着地を考えなくていい分だけどちらの回転も速い。

どばっしゃーん

ナナは空中できっちり縦横三回ずつ回って海面へ落ちた。もちろん回転が激しかった分だけ、飛び散る水飛沫は多かった。

ばしゃぁっ

「どうでした⁉」

すぐにナナが水面に顔を出す。この時の彼女の顔は、とても明るく元気な笑顔。まるで幼い少女のようだった。

「凄かったぞ、派手な水飛沫じゃった！　悔しいがわらわの負けじゃ！」

「あはは、大成功だったみたいですね」

孝太郎達がやっていたのはビーチへ来てすぐにやっていた事の続きだった。順番に海へ飛び込んで大きな水飛沫を作る、ただそれだけの遊びだ。そんな事をやっているうちに孝太郎が踏み台になる事を思い付き、遊びはエスカレート。最後は身体能力やバランス感覚に優れるティアとナナの戦いになり、最終的な勝者はナナとなった。

「ティア、お前は高く飛ぶ事に拘り過ぎたんだよ」

　孝太郎はそう言って笑いながらティアとナナのところへやってくる。

「高いとカッコいいじゃろう？」

「お前は派手なのが好きだからなぁ」

　ティアは回転よりも高さを重視した結果、水飛沫の大きさという点では僅かにナナに及ばなかった。回転を増やして水を巻き込むようにしたナナの作戦勝ちだった。

「ナナ様、上手く撮れましたよ。ご覧になられますか？」

「是非是非！」

　孝太郎達が遊んでいる姿にはナルファがカメラを向けていた。ナルファは確認用の液晶画面にナナのジャンプの様子を表示させ、カメラごと彼女に手渡した。

「……もうちょっと改善の余地がありそうだわ」

「こんなに速く回って目が回りませんかぁ？」

　ナナが映像を見始めると、ゆりかがやってきて同じ画面を覗き込んだ。

「分かってやってる時は大丈夫なのよ」

「私は分かってても目が回る気がしますぅ」

ゆりかの興味は回転よりもそれに耐えるナナの方にあった。ゆりかは三半規管が弱いので、身体を動かす時に回転したりするとすぐに目が回ってしまう。だからゆりかにとっては空中で縦横三回転など信じられない事であり、それを可能とするナナに思わず尊敬の眼差しを送っていた。

「防水機能の方はどうでして？」

「大丈夫みたいです。十七番だけが黄色――いえ、今緑色に戻りました」

「十七番は……腰の下の辺りですわね。あれだけ派手に回れば流石に警告は出るようですわね」

ナナが限界まで回転した事には単なる遊び以外にも防水機能の試験の意味もあった。防水機能が手薄になるのは、やはり可動部分。特に全力で動いている時にその傾向が強かった。だからナナは全身を使うようにして回転し、勢いよく着水した。それが現時点で考え得る一番防水機能に負荷をかける方法だったのだ。

「でも実際に水漏れは起きませんでしたね。流石です、クランさん」

「あれだけやって黄色一つなら、今日ぐらいは問題なさそうですわね」

だが幸い、水漏れは起こらなかった。ずっと心配していたクランは思わず大きく安堵の息をついた。やはり自分の失敗で折角の海水浴を台無しにはしたくなかったのだ。その気持ちは他の少女達にも良く分かる。そうして全員の意識がほんの一瞬、ナナとクランに向いた瞬間だった。

「隙あり！」

「え――――きゃあああぁあぁぁぁあぁぁぁぁぁあっ!!」

ばっしゃーん

孝太郎の声、ナルファの悲鳴、直後に大きな水音。反射的にそちらを向いた一同の目に海中でじたばたともがくナルファの姿が飛び込んで来た。

「いきなりなんですかコウ兄さんっ！」

真っ先に反応したのがナルファの親友を自認する琴理だった。親しき仲にも礼儀あり。いきなり女の子を抱き上げて海に放り込むなど、あるまじき行為だった。兄の賢治の堕落を理解して以降、彼女の道徳観はかなり厳しくなっていた。

「いやぁ、ナルファさんようやくカメラを放したなぁって思って」

「そんな理由で女の子を投げ飛ばす人がありますかっ！」

「まずい、キンちゃんを怒らせた！」

「待ちなさい、コウ兄さん！」

ばしゃばしゃ

波を掻き分けて孝太郎が逃げていく。そして怒った琴理がその後を追う。琴理は小さな頃から孝太郎と賢治を追い駆けるようにして生活していたので、自然と体力はついた。その泳ぐ姿は美しく、泳ぎが雑な孝太郎との距離は徐々に縮まりつつあった。

ばしゃっ

「ぶはっ、あ、あれっ⁉　私どうしたんですかっ⁉」

「おやかたさまに捕まって投げ飛ばされました。ナルファ様がカメラを手放す隙を狙っていたようでございます」

「あらまあ……」

ナルファは目を丸くしながら、逃げていく孝太郎と、追いかける琴理の様子を眺め始める。だが幾らもしないうちにその顔が笑顔に変わった。

「ふふ」

「いかがなさいましたか？」

「私がカメラを放すまで、コータロー様がずっと私を見ていて下さったのだなぁって思うと、何だかおかしくて」

「そういうお話ですと……おやかたさまは追われ損、という事になりますが」

琴理はナルファの為に怒った。だが当のナルファは投げられた事を楽しかったと感じている。ではどうして孝太郎は追われているのか――――ルースはそれがおかしくて、軽く目を細めた。

「そうですね。でも………しばらくこのままで良いと思います」

「えっ？」

「コトリが二人だけでコータロー様と遊ぶ機会なんて、そうそうありませんから」

「なるほど………ナルファ様はコトリ様の事がよく分かっておいでなのですね」

「親友ですから。ふふふふ………」

ナルファはそれからしばらく楽しそうに成り行きを見守っていた。孝太郎が琴理に捕まった直後にしばらく二人の姿が水面下に消えて浮かんで来なかった時には流石に幾らか焦ったのだが、総じて楽しい時間だった。

孝太郎達の海水浴に有利だったのは瞬間移動のゲートだけではない。クーラーボックスの性能も優れていたので、持ち込んだ飲み物などが常にキンキンに冷えていた。その一番の恩恵を受けたのがスイカ割り。冷えたスイカでスイカ割りが出来るのは、フォルトーゼ製のクーラーボックスのおかげだった。

「良いかネフィ、これからそなたをぐるぐる回すぞ。それから我らの声を頼りにさっきのスイカを割るのじゃ」

「なるほど、そういうゲームなのですね」

最初にスイカ割りに挑戦するのはネフィルフォランだった。彼女は目隠しをした状態で木刀を握っている。ネフィルフォランの正面、十数歩先にはスイカが置かれているが、これから彼女の身体はぐるぐると回されるので最終的に正面に来るかどうかは分からない。だから周りにいる孝太郎達の声を頼りにスイカを割る訳だが、目も回るので簡単な事ではない。見た目の面白さに反して、実は難しいのがこのスイカ割りという遊びだった。

「最初はティア殿下ではないんですね。いつもならこういう事は真っ先にチャレンジなさるのに」

ティアとネフィルフォランにカメラを向けているナルファは不思議そうにそう呟く。それは隣にいる孝太郎への質問だった。

「あいつがちょっと大人になったってのもあるんだが、あいつと早苗はスイカ割りの達人だからな。先にやらせて後で実力を見せたいんだよ」

「えへへへへへぇ」

孝太郎の近くで早苗が笑い始める。ナルファがそちらへカメラを向けると、木刀をびゅんびゅんと素振りする早苗の姿があった。珍しく早苗は孝太郎にくっついていない。それだけでやる気が伝わってくる気がするナルファだった。

「別に褒めてないぞ」

「知ってる」

天才肌のティアは方向感覚に優れ、音にも敏感だ。早苗の場合は目隠しがほとんど意味をなさない。だから二人ともそう時間をかけずにスイカを割ってしまう。孝太郎はそんな二人の為に落とし穴付きの特別コースを用意してあった。二人の様子からすると、その披露は後回しになりそうだった。

「ではゆくぞネフィ」

「おてやわらかに」

『いーち、にーい、さーん………』

周囲の掛け声に合わせて、ティアがネフィルフォランの身体を回転させる。流石に地球へ来て二年以上ともなると、ティアはスイカ割りの作法を心得ている。回転させながらもきちんとネフィルフォランを支え、倒れてしまうような事がないようにしていた。

『……きゅーう、じゅう！』

程（ほど）なくネフィルフォランの回転が止まった。すぐにティアが離れ、あとは周囲の声を頼りにスイカを割る訳なのだが、ここで驚（おどろ）くべき事が起こった。

「ええと……ベルトリオン卿、何処（どこ）においでですか？」

「ここですけれど」

「なるほど、ではこの方向ですね」

ネフィルフォランは何事もなかったかのようなしっかりとした足取りでスイカに向かっていった。目隠しで回っても、目が回っていないのだ。そして孝太郎と自分の位置関係からスイカの位置を特定、真（ま）っ直（す）ぐにそこへ向かっていったのだった。

「確かこの辺りだった筈ですが……」

「凄い、これは修練の賜物（たまもの）だ！」

これに喜んだのが体育会系育ちの孝太郎だった。ネフィルフォランが回転に強かったのは武術の鍛錬（たんれん）の影響だ。槍術（そうじゅつ）には回転する技が少なくないので、多少の回転ではビクともしないのだ。フィギュアスケートの選手が回転に強いのと事情は同じだろう。そして目隠ししていてもスイカの位置が分かるのは軍事訓練の影響だ。戦闘（せんとう）中に急に視界を奪（うば）われる事は少なくない。また行軍の訓練で吹雪（ふぶき）に遭遇（そうぐう）した場合もそう。視界が効かないなら他の方法で、ネフィルフォランはその訓練を十分に積んでいたのだった。

「ええと……せいっ！」

ネフィルフォランは孝太郎に褒められた事で少し顔を赤らめながら、手にした木刀を振り下ろした。

コツッ

「掠った⁉」

だが残念ながらネフィルフォランの一刀はスイカの皮に弾かれた。命中したのがスイカの端だったのだ。結果、スイカは砂の上をコロリと転がっただけで終わった。

「惜しい！」

「あはは、失敗してしまいました」

ネフィルフォランは目隠しを取り、照れ臭そうに笑った。この失敗は単純に初めてやる事に緊張して最初の目測を誤ったからだ。加えて孝太郎がじっと見ているから、という事情もある。やはり多くのフォルトーゼ人にとって、孝太郎の存在は特別だった。

「初めてでこれなら、相当の腕前ですよ。お前らもそう思うだろ？」

「あたしほどじゃないけどね」

「うむ、ライバル出現じゃが、それでも勝つのはわらわじゃ」

「お前ら最初ぐらい褒めてやれよ」

「私はベルトリオン卿から褒めて頂いただけで満足です」

「折角なのでもう一度やってみてはいかがですか？　次はきっと成功しますよ、ネフィルフォラン殿下！」

「よろしいのですか？　他の方々が――」

「良いから良いから、目隠しをもう一度！」

「は、はぁ……」

興奮気味の孝太郎に半ば押し切られるような形でネフィルフォランは再びスイカ割りに挑む事となった。体育会系で育ってきた孝太郎としては、やはり努力型の人間の評価は高くなる。ネフィルフォランはその極みにいるようなタイプなので、孝太郎の期待はいつになく高い。そしてネフィルフォランの方も、孝太郎にこれほど期待されてしまうと嫌だとは言えなかったし、同時に良い所を見せたいという願望もあった。

ネフィルフォランが二度目の挑戦でスイカを『両断』した後、少女達は順番にスイカ割りに挑戦していった。ゆりかは最初の回転で目を回してリタイヤ、真希は順当に成功、晴海は命中するも腕力不足で割れず――といった具合だ。今は琴理とナルファが挑んでいる。孝太郎はその撮影を手伝ってやっていた。そうやって順番にこの遊びに挑戦していくうちに、少女達はある事に気付き始めた。

「ね、みんな気付いてる？」

真っ先に声を上げたのは静香だった。出発前からその事に注目していたので、気付くのが早かったのだ。彼女は小声で近くの少女達に呼び掛けた。

「孝太郎の事か」

キリハも同じ事に気付いていた。そしてこの日の前の段階から静香がやたらとそこを気にしていたので、彼女の意図を素早く読み取った。小声だったのは孝太郎に聞かれないようにする為だという事まで含めて。

「そうそう、私達の頑張りがようやく実を結んできた気がするよね！」

「私達の……頑張り？」

キリハの同意を得られて興奮気味の静香の言葉に、真希が首を傾げる。真希はまだ静香の言葉の意味がよく分からないでいた。

「気付いてなかった？　里見君がそわそわしてるの」

　静香が気付いたのは、孝太郎がどことなく落ち着かないでいる事だった。周囲をきょろきょろと見回したり、時計を見たり、スマホを見たり、空を見上げたり。時間が経過するにつれて、徐々にスイカ割りに集中できなくなっている様子だった。

「それにあんならしくないサングラス着けちゃったりしてさ。あれは視線を隠す為かしらね？　私達の水着姿ぐらい、堂々と見たって良いのにさ～♪」

　静香はそれを自分達の水着姿のせいだと考えていた。孝太郎も年頃の男の子。周囲に十人以上の水着姿の少女達がいたら、目のやり場に困って当然だ。孝太郎は当初こそ海に注目して気付かなかったが、徐々にその事に気付いて困り始めたのではないか。静香はそんな風に考えていたのだ。

「里見君が私を見てそわそわ……そっか……」

　真希は自分の身体を見下ろす。静香のアドバイスに従って胸やボディラインを強調できるように明るい色を選んだ訳だが、そこに孝太郎が注目してくれているとなると何だか嬉しくなってくる。口元に自然と笑みが浮かぶ真希だった。

「そうであれば確かに嬉しいな。孝太郎の友達だから、戦友だからという視線に、ごく親しい女の子だからという視線が加わるのは喜ばしい事だ」

　キリハはそう言って微笑む。彼女はまだ確信には至っていなかったが、それでもその事を想像すると幸せな気分になる。そういう事を含めて十年以上想い続けてきたので、キリハにとってもその意味は重かった。

「そうに決まってるわよ！　一人では攻略出来なかった里見君の鉄壁の理性を、私達の集団包囲作戦が遂に打ち破ろうとしているに違いないわ！」

「わたくしの貧弱な身体でベルトリオンを誘惑出来ているとは思えませんけれど」

自信満々の静香とは正反対だったのがクランだった。彼女は自信なさそうな顔で自身の身体を見下ろしていた。クランのボディラインはティアに匹敵するほど平坦だ。しかも筋肉が付いていない分、ティア以上に丸みの少ない印象になっている。皆に合わせて思い切って胸元の大きく開いた水着を着てみたものの、自分に孝太郎の視線を惹きつける力があるのかと考えると、それは無いなと考えてしまうクランだった。

「それは心配しなくて大丈夫ですよ、クランさん。皆さんにこの身体を作って貰った時に、里見さんはなるべくじっと見ないようにしてくれていましたから。それは意識してくれているからこそでしょう?」

ナナには自信があった。孝太郎はいつもナナの作り物の身体を本物であるかのように扱ってくれる。その孝太郎がスタイルの良し悪しで反応が変わるとは思えなかった。そのナナの言葉に我が意を得たりと大きく頷いたのが晴海だった。

「私もそう思います。里見君の場合は、女の子の水着姿がどうこうというより、私達の水着姿だからどうこう、というような考え方をして下さる筈です」

晴海が思うに、孝太郎は見知らぬ女の子が水着姿になっても大したリアクションはないだろう。だが晴海達のように孝太郎の心の中に入れて貰えた者が水着姿になれば、大きなリアクションをするだろう。要は関心がある相手だからこそ、という事だった。

「本当にそうなら……良いのですけれど……」

クランも晴海の言葉は真実だろうと思う。それでもクランは自分の身体にコンプレックスがあったから、確信には至らなかった。

「先程おやかたさまが何も考えずに殿下の顔を拭いたとお考えなら、それはあまりに御自身の過小評価が過ぎます」

「里見君は、その大きく胸元が開いた水着にドキドキしてくれている筈だわ！」

「そ、そうですかしら……？」

「そうよ、きっとそうよ！」

しかし続いたルースと静香の言葉で、クランの表情に遠慮がちな笑顔が戻ってくる。クランは自信こそなかったが、そうだったら良いなとは思っていたから。だから他の少女達が保証してくれるのは心強かった。

ピピピピピピピピ

そんな時だった。電子音のアラームが周囲に響き渡る。それは多くの者が聞き覚えがあるスマホのタイマーの音だったので、一瞬各々の動きが止まった。自分のスマホではないかと思ったのだ。

「あ、時間だ！」

そのアラームは孝太郎のスマホから聞こえていた。画面を確認した孝太郎は、笑顔を作る。それはサングラス越しでも明らかにそうと分かるレベルの大きな笑顔だった。

「悪いけど、二時間ぐらい出かけてくる。約束があるんだ！」

そして孝太郎は嬉々とした様子で自分で設営したパラソルの所へ走っていく。少女達が何事かと思っていると、孝太郎は荷物の山の中から一メートルほどの長細いバッグと、丈夫な合成繊維で作られたショルダーバッグを引っ張り出した。それらは孝太郎が大切にしている道具だった。

「そうか、大潮か！」

そこでキリハは気付いた。すぐに自分のスマホを取り出し、孝太郎が急に動き出した理由を確認する。

「行ってきまーす！」

その時にはもう、孝太郎は走り出していた。まるでスキップするかのように楽しそうな足取りで。その姿を見てキリハはある一つの事実に気付いた。それは孝太郎が何故そわそわしていたのか、という事実だった。

「おいコータロー、何処へ行くのじゃ⁉」

「待ってよー、あたしも行きたい！」

「来たきゃ来てもいいぞー」

ティアと早苗が呼び止めようとするが、孝太郎は足を止めない。砂浜をものともしない軽やかなステップで海岸に沿って走っていってしまった。

「ねえキリハさん、どういう事？　里見君は何処へ行ったの？」

不思議そうに首を傾げる静香。だが不思議に思っているのは静香だけではない。他の少女達もキリハ達のところへやって来た。そんな少女達に、キリハは小さく溜め息をついてから孝太郎の行動の意味を話し始めた。

「釣りだ。これから大潮で潮位が最大になるのだ」

「大潮ってなんですかぁ？」

「海は常に海面の高さが一定である訳ではない。そして月ごとに海面が一番高くなる日を大潮と呼ぶ。その日はとても沢山魚が釣れるのだ」

「という事は、今がその大潮ということかのう?」

「うむ。それで孝太郎は釣りに出掛(でか)けた」

「里見さんがぁ、言っていたぁ、約束ってなんでしょうかねぇ?」

「恐(おそ)らくネフィルフォラン隊の釣り好きの連中と約束があるのだろう」

海の楽しみ方は様々だ。少女達は泳いだが、釣りという選択肢(せんたくし)も確かにある。非番の隊員が釣りをしている可能性は高かった。

「……………って事はさぁ………」

静香が平坦な声で呟く。その表情も負けないくらい平坦だった。感情の消えたその声と表情は、まるで地獄(じごく)の底を覗(のぞ)いてしまったかのようだった。

「まさか………里見君がそわそわしていたのって、釣りが楽しみで?」

「恐らく」

「海を見ていたのは?」

「偏向(へんこう)サングラスで魚の様子を見ていたのだろう。潮位を見ていた可能性もある」

「空を見ていたのも?」

「天候は釣りの結果を大きく左右する」

「じゃあ度々(たびたび)スマホを見ていたのは………」

「大潮の時間が待ち遠しかったのだろう」

『……』

不意に、少女達の声が消える。誰も身動き一つしない。彼女らの耳に届くのは寄せては返す波の音、そして耳の奥から聞こえてくる急激に流量を増す血液の音だった。

「何であたしを置いてっちゃうのよぉっ！　サソリ固めだって言ったじゃん！」

「わっ、わたくしは何の為にっ、このような恥ずかしい格好をっ……」

「あやつめぇっ……どうしてこうっ、いつもいつも、女の必死な気持ちを踏み躙るのじゃあっ!!」

「私達の朝からのドキドキ感を返せぇぇぇぇぇぇ!!」

『……凄い顔をしているぞ、シズカ』

だが静かだったのはほんの数秒の事。すぐにビーチは少女達の怒号で溢れた。海へ行くと決まった時の高揚感。それから今日までの準備に費やした時間と労力。何より実際にこの場所へやってきてからの胸の高鳴り。その全てが、海の藻屑となったのだった。

　一方その頃、釣りに出掛けた孝太郎は砂浜を回り込んだ位置にある岩場でネフィルフォラン隊の隊員数名と合流していた。彼らも孝太郎同様、海釣りの為のフル装備を身に着けている。中には自律ドローンタイプの魚群探知機やボートを持ち込んでいる猛者も居た。だが彼らが顔を合わせた瞬間から、双方の表情に緊張感が漲った。それはとてもこれから釣りを楽しもうという者達の顔ではなかった。

「ベルトリオン卿！　わざわざ御足労――」

「挨拶はいい！　すぐにティア達が押し寄せてくるぞ！　それにこいつらの霊子力フィールドでも長時間早苗の霊視を誤魔化すのは無理だ！」

『オイラ達頑張ってはいるけど、早苗ちゃんの霊能力はおそらく地球で一番だホ！』

『内緒話はすぐに終わらせて、本気で釣りに打ち込む事をお勧めするホ！』

「分かりました！　まず物資の調達ですが、予定通り進んでいます。輸送部隊が一一三〇時に集積地Aへ到達、物資を受領しました。現在集積地Bへ向かって移動中！」

「偵察部隊から報告が入りました！　連隊長達がこの地点へ向かって移動を開始！」

「いよいよ時間が無いな、拠点設営の方は？」

「拠点A、拠点Bは予定通り進行していますが、拠点Cは若干遅れ気味です。しかし明日の予定時刻までには何とか！」

「上出来だ！　もう時間がない、みんな釣りを始めるぞ！　今の話は一旦意識の外へ！　釣りに集中するぞ！」

『イエス、マイロード！』

孝太郎とネフィルフォラン隊は大急ぎで何かの打ち合わせを済ませると、岩場に散ってそれぞれに釣りの準備を始めた。孝太郎も隊員達も大の釣り好きだ。一旦始めてしまえば、釣りそのものに集中する事が出来る。早苗も常に霊能力で他人の気持ちを覗いている訳ではないから、集中する事で早苗が怪しむような部分を作らなければ、秘密の打ち合わせの存在に気付かれる可能性は低かった。

岩場に押し寄せて来た少女達が孝太郎に『非常に丁寧な抗議活動』を行った後は、海には平穏が戻っていた。孝太郎達はしばらく釣りを楽しんだ後、砂浜へ戻った。それから日が暮れるまで泳いだりビーチバレーをしたりボートに乗ったりと、海でのレジャーを堪能した。本当はもう少し遊んでいたかったのだが、日が暮れてしまえば仕方がない。孝太郎達は後ろ髪を引かれる思いでビーチを後にし、ホテルへと戻ったのだった。

「おほっ、良いものを発見したぞコータロー！」

それを最初に発見したのはティアだった。レストランで夕食を取った後、部屋へ戻ろうとしていた時の事だ。まだ遊び足りなかったティアなので、すぐさま孝太郎の手を取って走り出した。

「なんだ、どうした⁉」

「これじゃこれ！　何と言ったかの？」

「……ああ、卓球台か」

「そうじゃった、卓球じゃ！」

ティアが見付けたのは卓球台だった。そこはホテルの遊戯施設で、アーケードゲームや卓球台、ダーツボード、麻雀台などが設置されていた。卓球台は宿泊者が自由に使って良い事になっているようだった。

「なになに、どうしたの？」

「殿下？」

急に移動した孝太郎とティアを追って、静香とルースもやってくる。その後ろには他の少女達も続いていた。

「卓球台があってのう。ホレ、そなたらも参加せい」

ティアは既(すで)に遊ぶ気満々で、笑顔で二人にラケットを差し出した。静香はスポーツが得意だったし、ルースは得意と誇(ほこ)れる程ではないもののスポーツは好きだった。それにやはり遊び足りない気持ちがあったので、二人は笑顔でラケットを受け取った。

「どういうペアにするの？」

静香が軽く素振りをしながら尋(たず)ねた。そのフォームは様になっている。彼女は高校の体育の時間などで多少遊んだ事があるのだ。

「ティアと大家さんをペアにすると誰も勝てないだろうから、ティアとルースさんが組む形が良いんじゃないか？」

「じゃあ、私は里見君とペアね」

ティアはこの手の身体(からだ)を使ったゲームが得意だった。これは反射神経や動体視力が飛び抜(ぬ)けて優れているからだ。しかも天才肌であっという間にゲームのコツを掴(つか)んでしまう。おかげで男の孝太郎も普通(ふつう)にやっては相手にならなかった。だからルースと組ませると丁度孝太郎と静香のペアと互角(ごかく)であろうと思われた。

「頑張りましょう、殿下」

「うむ！　どんな事でもマスティル家には敗北は許されん！」

ティアとルース、孝太郎と静香は卓球台を挟(はさ)んで対峙(たいじ)する。四人ともやる気は十分で、その目を輝かせていた。

「審判と得点はわたくし早苗、解説はキリハでお送り致します」

「卓球の解説などやった経験はないが」

「良いの、あんたが訳知り顔で何か言えばそれらしく見えるから」

「ふふふ、承った」

　プレーする四人の周囲を他の少女達が囲んでいた。その顔にはやはり楽しげな笑顔が浮かんでいる。やはり彼女らも遊び足りないのだ。ただしナルファと琴理だけは撮影機材を構えている。彼女らの場合は撮影し足りないのだった。

「ティア、交代しながら遊ぶなら六点先取ぐらいにしとくか。あとフォーメーションなんて出来ないから、どっちが打っても良い事にしよう」

　厳密に卓球のルールを適用すると時間がかかり過ぎるし、ダブルスの交互に打つルールもある程度経験が無いと難しい。大勢で入れ替わりながら遊ぶには、この辺りが落としどころだった。

「うむ、異議なし。では早速参るぞ！」

　言うが早いか、ティアは軽くボールを投げ上げた。そして非常に力強いフォームでラケットを振った。

カッ

乾いた音と共に、ボールは勢い良く飛んでいく。そしてティアチームの側の天板と、孝太郎のチームの側の天板で一度ずつ弾み、一直線に孝太郎の方に飛んでいった。それを待ち構えていた孝太郎は、既に振り被っていたラケットで打ち返した。

コンッ

「おおっ⁉」

孝太郎は対角線上にいるルースを狙って打ち返したのだが、ボールは完全に明後日の方向に飛んでいってしまっていた。

「ティアチーム一点先取！　ふがいないぞ孝太郎！」

「そう言ってやるな、あのボールには非常に速い回転がかかっていた」

「あー、それであっちに飛んでっちゃったのか」

「弾んだ時に僅かに遅くなった。後ろ向きの回転だろう」

ティアはサーブを打つ時にラケットを器用に使い、ボールの下側を擦るようにして打った。おかげでボールにはかなりの勢いで後ろ向きの回転がかかり、打ち返した孝太郎の想像とは違う跳ね方をした。それが孝太郎が返し損ねた理由だった。

「いきなり本気で打つなよ」

「ほっほっほっほ、この星の格言では、獅子はウサギを狩る時にも本気を出すそうではないか」

「そういう態度ならこっちにも考えがあるぞ」

「どういう考えじゃ？　早速やって見せるがよい」

「後で吠え面かくなよ」

「ルース、ボールだ」

「ありがとうございます」

　卓球のサーブ権は二回ごとに移動する。ルースはキリハからボールを受け取ると、一度ラケットを握り直し、サーブの体勢に入った。ルースの卓球の経験は体育の授業や何かで何度かやった程度だが、その几帳面な性格ゆえか、フォームはとても綺麗だった。そしてフォームが綺麗だという事は、打球もまた綺麗だという事。彼女が打った球は天板の自陣側で跳ねた後、相手陣地の取り難いサイドの白線の上で跳ねた。

「器用ねぇ、ルースさん！」

　何とか追い付いた静香がラケットを伸ばす。

　カコッ

　静香のラケットは何とかボールを捉える。ボールは山なりの軌道を描き、ティア側の天板で大きく跳ねた。

「くっ⁉」

そして大きく跳ねた事がティアには不利に働いた。手足が短い彼女は、高いバウンドに対応する為には大きく動かなければならない。彼女は高くジャンプして、空中で懸命に手を伸ばした。

コッ

今回もボールは山なりの軌道を描き、孝太郎達の方へ飛んでいく。そしてやはり同じように大きく跳ねる。だがその先は違った。

「チャンス！」

孝太郎はティアよりも身体が大きい。ティアには高い球でも、孝太郎には必ずしもそうではない。孝太郎は巡って来たチャンスを逃さずに、思い切りラケットを振り被った。

「これでどうだっ！」

カコンッ

卓球用のボールは軽く、空気抵抗で減速し易い。そのハンデをものともせず、孝太郎が打ったボールは唸りを上げて飛んだ。そんな孝太郎の全力のスマッシュは、ティアのところに届いた時にも十分な勢いを保っていた。

「これでわらわに勝てると思うたかっ！」

カキッ
だがそこは流石にティア。驚くべき動体視力と反射神経で、孝太郎が放った剛速球スマッシュに追い付き打ち返した。ボールはギリギリのところで天板の孝太郎側のエリアに入った。

「無理だろうな。でも俺には大家さんが居るから」

「任せて里見君っ！　せいっ！」

カコンッ
ギリギリだったので、ティアのボールには力がなかった。そんなボールを静香が思い切りスマッシュ。そしてやはりギリギリだった事で、ティアの体勢は崩れたままだった。その隙を見逃す程、静香は優しくはなかった。静香が打ったボールは体勢を立て直しつつあるティアの鼻先を通り過ぎていく。ルースが気付いて動き出してはいたが、ティアそのものが邪魔になってラケットはボールに届かなかった。

「孝太郎チームの得点です！　よくやった孝太郎！」

「卓球が一番上手いのは間違いなくティア殿だが、手足が短いという弱点はある。孝太郎達の作戦勝ちだな」

ティアは目が良く素早いが、身体から離れた場所に打たれると身体が小さい分だけより勢いよく動かねばならず、直後に反対側へ打ち込まれるとその勢いが邪魔になって行動が一拍遅れる。無論これが可能なのはダブルスで静香が良いポジションで待機していたからであり、一対一ならティアはボールに追い付いていただろう。

「手足が短いってよ、ティア」

「うぬぬぬっ、人が気にしておる事を！」

「落ち着いて下さい、殿下。わたくしがついております」

「……そ、そうじゃな、そなたの事を忘れておった。こちらも連携して動くぞ！」

ダブルスのゲームとして見た場合、この失点は興奮したティアが前のめりになっている事を利用されたからだ。ダブルスなのにシングルスのように戦っていてはこうもなるだろう。ルースの手堅い守りがあれば十分戦っていける筈だった。

孝太郎チームとティアチームの試合は白熱したものとなった。孝太郎と静香はどちらかと言えばパワータイプで、天才肌のティアと几帳面なルースに振り回される展開となっていた。だが孝太郎チームにも強みがあった。ティアとルースは時折孝太郎と静香の強打に苦しめられていた。お互いに急造チームなので、コンビネーションが乱れる事もある。そんな時にはパワーボールがある分だけ孝太郎達の方が有利だったのだ。

「孝太郎チームのとくてーん！　これで五対五、次に点を取った方が勝ちだよ！」

「ふむ、噛み合わないかとも思ったが、なかなかどうしていい試合になっているな」

試合は結局五対五、互角のままマッチポイントに至った。柔と剛、次に点を取った方が勝利となる。公式な卓球のルールでは二点差が付くまで続くのだが、六点先取という状況を踏まえて次で決着という取り決めになっていた。

「ふっふっふ、これはわらわ達の勝ちじゃな。そなたらの強みはサーブの時には今一つ発揮されぬからのう」

次のサーブは孝太郎チームだった。孝太郎達はパワー自慢だが、サーブは一度自陣で跳ねさせる必要があるので、スマッシュ程の威力はない。つまり攻撃は後手に回るという事になるのだ。それを知っていてティアは孝太郎を挑発しているのだった。

「何も問題はない。お前は手足が短いからな」

「なんじゃとぉっ⁉」

だが孝太郎は涼しい顔で挑発を受け流した。対するティアの方は孝太郎の挑発を受け流す事が出来ず、顔を赤くして怒り始めた。

「ああ……これはそういう事なのか……」

そんなティアの姿を見て、ネフィルフォランは何かに納得したように大きく頷いた。

「どうしました、ネフィルフォランさん？」

隣にいた晴海がネフィルフォランの呟きに気付いた。するとネフィルフォランは小さく微笑むと晴海に事情を話した。

「以前と同じです。ティアミリスさんとベルトリオン卿の様子に驚いていました。ただ今回は何となくその理由が分かったような気がして」

「どうお感じになられましたか？」

「ティアミリスさんが我々が見た事が無い種類の顔をしているのは、ベルトリオン卿に対する絶対的な信頼があるからなんだろうな、と」

ティアは幼い頃からライバルだらけの皇家で育ち、また寄ってくる人間は彼女を利用しようとする者達が多かった。当然子供の顔は出せず、常に厳しい顔をしている必要があった。その辺りの事は同じ立場のネフィルフォランにもよく分かる事だった。そのティアが孝太郎には子供のような顔を見せている。それは見せて大丈夫な相手だと、確信しているからではないか――――ネフィルフォランはそんな風に考えたのだった。

「本当のところはティアミリスさんにしか分からない事ですが……私もネフィルフォランさんと同じように考えています」

晴海は軽く目を細め、優しげに頷いて同意を示した。晴海自身も、時折孝太郎に甘(あま)えて子供のような事をしてしまう事がある。ティアが孝太郎にぶつかっていくのは、それと同じようなものだろうと思っていた。

「もう怒った！　今日という今日は、そなたに――」

「その隙(すき)にホイッ」

カコンッ

「殿下(でんか)っ!!」

「――誰がぁあああぁぁあああぁぁぁっ!!」

コンッ、ころころころ……

ティアはラケットを孝太郎に突(つ)き付けるようにして怒っていたので、孝太郎はその隙を突いてサーブを打った。結果、ティアはサーブに反応できず、ボールはティアチーム側の天板をころころと転がる事となった。孝太郎チームのポイントだった。

「あっはっはっは、俺達(おれたち)の勝ちだ！」

「……里見君、私はそういうのはどうかと思うんだけど……」

かっ⁉」

「黙れこの卑怯者めが‼　わらわの騎士がそんな卑怯な事をして許されると思うておるのか」

「お前には何をしても良いんだよ」

「なにーっ⁉」

晴海とネフィルフォランがちょっと目を離した隙に、試合は思わぬ形で決着していた。ティアの興奮した大きな声でそれに気付いた二人は、自然と顔を見合わせる。

「それでもこの激しさには、驚かされます」

「私は羨ましいです。里見君の甘えでもあると思いますから」

「それは………はい」

ティアと孝太郎は既に掴み合いの喧嘩に突入していた。それは真希がすぐに人払いと防音の結界を張ったぐらいの激しさだった。それほどの激しい喧嘩をしていても、二人は次に会う時には尾を引かずに仲良くしているだろう。それが孝太郎とティアの関係。そしてお互いに対する甘え。ようやくそれを理解したネフィルフォランは、二人の様子を微笑ましく思いながらも、少しだけ羨ましく思った。

卓球はコンパクトな見た目とは裏腹に運動量の多いスポーツだ。おかげで全員が一通りプレーし終わった頃には、誰もが汗をかいてしまっていた。そこで一行は大浴場へ向かった。のんびりする前に汗を流したいのは誰も同じだった。

少女達はそれぞれに身体を洗った後、湯船に浸かってお喋りに興じていた。湯船に使われているお湯は地下数百メートルから汲み上げられたという温泉で、お肌のケアの為に十五分以上浸かっている事が推奨されている。少女達はその時間をお喋りに費やしていたのだった。

「それにしても意外だったのはネフィルフォランさんですね。初体験の筈なのに、すぐに上達されて」

話題は先程までやっていた卓球の事だった。卓球初体験のネフィルフォランは一戦目は苦戦していたものの、二戦目にはかなりの腕を披露していた。運動能力が高い真希がこうして感心してしまう程の、急激な上達ぶりだった。

「ここまでコンパクトではありませんが、フォルトーゼにもラケットを使うスポーツがあるんです。その経験がありましたから」

幼い頃から武芸の鍛錬に没頭してきたネフィルフォランだが、全く他のスポーツをやらなかった訳ではない。体調の管理や季節的な事情から、水泳や陸上、幾つかの球技など、スポーツの嗜みがあったのだ。その中にはテニスに似たスポーツもあった。ラケットと卓球台、ボールの違いを掴むのが大変だったが、その先は経験が生きた格好だった。

「フォルトーゼのスポーツかぁ。ちょっと興味あるなぁ」

静香はスポーツ好きなので、フォルトーゼのスポーツにも興味があった。ネフィルフォランがやっていたスポーツがどんなものなのか、地球の球技とはどう違うのか、それとも違わないのか——静香の興味は尽きなかった。

「でしたらわたくしの『朧月』においでになると良いですわ。運動用の部屋で幾つか球技が体験出来ましてよ」

するとと静香にクランが笑いかけた。流石に風呂の中では眼鏡をかけていないので、クランの顔は幾らか幼い印象だった。

「本当⁉　行く行く！　……でも意外ね、クランさんはスポーツをしている印象はないけど」

「わたくしの趣味ではなく、そういう法律ですの」

フォルトーゼの法律では空間歪曲航法装置を搭載する艦船には、規模によって運動用の施設や遊戯施設の設置が義務付けられている。例えば民間レベルの空間歪曲航法装置を積んだ旅客宇宙船だと地球へ来るのに十五日から二十日かかる。その間ずっと船室に閉じ込められていると精神衛生上の問題があるので、スポーツ施設や遊戯施設、屋外の環境を再現したリラックスルームといった施設の設置が義務付けられているのだ。フォルトーゼが本格的な宇宙時代に突入してから数百年が経過しているが、その当初から引き継がれている非常に重要な法律なのだった。

「では、その時には私がお相手を」

卓球の時、ネフィルフォランは静香に基本を教わり、ペアを組んで試合もした。その恩返しにはフォルトーゼのスポーツを教えるのは適切だろう、ネフィルフォランはそんな風に考えていた。

「良いんですか⁉　光栄です、ネフィルフォランさん」

「ふふふ、楽しみにしています」

「こちらこそ！」

ネフィルフォラン達の会話はこうして明るいものだったのだが、逆に不満そうな顔で話をしている者もいた。それはもちろん卓球で屈辱の敗北を味わったティアだった。

「それにしても腹立たしいのはコータローじゃ！　ああいう時には話が終わるのを待つの

がエチケットじゃろう！」

孝太郎とティアの試合は最初だったので、既に一時間以上前の事だ。だが今になってもその怒りは収まっていない。ティアは自分にも油断があったと分かっているから、意固地になってしまっていたのだ。最近のティアにしては珍しいケースだと言える。それに何故自分には優しくしてくれないのだという、非常に女の子的な事情もあった。つまるところティアは、あの時に孝太郎が口にした『お前には何をしても良いんだよ』という言葉が気に入らないのだった。

「そうですそうですぅ。いつも意地悪なんですよぉ、里見さんはぁ！」

そんなティアの尻馬に乗ったのがゆりかだった。ゆりかも日常的に孝太郎が優しくしてくれない事に不満があったのだ。ゆりかが怒っているのは孝太郎が彼女を起こす時の手段だ。孝太郎は常に過激な手段で起こすので、ゆりかはそれが気に入らないのだった。

「ゆりかの場合は仕方ないいんじゃない？　自分で起きれないいんだし」

だが早苗は冷静だった。ティアはともかく、ゆりかの言葉には懐疑的だった。

「そ、それでもやり方ってものがあると思うんですよぉっ！」

「何個でも目覚まし時計買えば良いじゃない」

「私そんなにお金持ってないですよぅ」

「あんたこないだ借金返し終わったんでしょ？」

「ウッ……」

早苗の指摘は鋭い。本当に嫌なら、今のゆりかには回避の方法がある。借金があった頃の彼女とは違って、今は十分な収入があるからだ。部屋を出ていくとか、高機能の目覚まし時計を買うとか、方法は幾らでもあったのだ。

「ゆりかちゃんはね、里見さんに起こして貰いたいの。でも、今の方法にはちょっと不満があるの。それでも目覚まし時計よりは百倍ましだと思うから、ゆりかちゃんは困っているのよ」

「ナ、ナナさぁんっ！」

流石に師匠という事もあって、ナナはゆりかの頭の中をお見通しだった。この時ばかりはナナにも幼い印象はない。お風呂なので髪をタオルでまとめている影響も大きいのかもしれない。ゆりかの抗議もなんのその、年相応の余裕の笑顔だった。

「実のところ、そこには孝太郎にとっても非常に厄介な事情があってな。過激な起こし方しかできないのだ」

そんな中、孝太郎側の事情を明かしたのがキリハだった。彼女は孝太郎が何故ゆりかを優しく起こさないのか、その理由が分かっていたのだ。

「厄介な事情ってなんなんですか？」

真希が首を傾げる。孝太郎側に厄介な問題があると言われると真希にも興味があった。自分と孝太郎の間にも同じ問題があるかもしれないからだった。

「大きくは、そうだな……ゆりかがちょっとした刺激では起きないという事だ」

「そうですね、ゆりかはかなり揺すってもそのまま寝ている気がします」

キリハの指摘は真希にも覚えがあった。授業中に寝てしまったゆりかを揺すっても全然起きない、という事は日常茶飯事だった。

「つまり頬を突いたりという一般的な手法では起こせないという事。より大きな刺激が必要だという事なのだ。問題はそこに潜んでいる」

「どういう事ですかぁ？」

ゆりかも話に食いついてくる。キリハの淡々とした言葉の中に、真実の気配を感じ取ったのだ。

「問題はどこを刺激するのかという事なのだ」

「どこでもいいですよぉう」

「そうだ。だがそれは孝太郎の事を愛している汝の事情だ」

『あっ……』

その瞬間、多くの少女の顔に理解の色が広がっていった。そういう事だったのか、少女達は大きく驚きながらも、納得の表情を浮かべていた。

「ゆりかは孝太郎にならどこを触られても良い。キスで起こされても文句はない、というより嬉しいだろう。だが孝太郎の側からすればゆりかを起こす時に触る事が出来る場所は限られる。手や顔、頭ぐらいだろう。それ以外はどこに触れても友達がやっていい範囲を超える。要するに恋人以上の相手にしか触れない場所ばかりなのだ」

「それで里見さんは……」

ゆりかにも話の筋が見えて来た。それは女の子同士なら起こらなかった事。孝太郎が異性だから起こった事。そして孝太郎が今の状況を悪用する事を嫌ったから起こった事だった。

「孝太郎が誰が恋人なのかを決定しないうちに、ゆりかに対して出来る事は少ない。だとすると可能な事を過激にしていくしかないのだ。息を止めるのは口と鼻、熱湯と氷水は服をちょっと引っ張るだけでいい。他の者達も思い出して欲しい、これまで孝太郎が汝らに触れた場所は、どれも異性の友達が触れても問題が起きにくい場所ではなかったか？」

「その筈です。そっか、里見君はそんなところにも気を遣ってくれていたんですね」

真希がすぐに同意する。特別な状況を除けば、キリハの言う通りだった。孝太郎は頭を撫でたり、手を繋いだりまではする。だがそれ以外の場所、胸や腰といったあたりには絶対に触れない。それをしても良いのは友達ではなく恋人だからだ。少女達がそれ以上の好意を示してくれているのは分かっているが、孝太郎としてはそれを利用したくなかった。だから孝太郎は絶対に線引きを間違えないようにしていたのだった。

「友達にやっていい事で強引に起こそうとするとぉ、口にタバスコとかぁ、鼻の下虫刺され薬になるんですねぇ……」

「……あんた、色んな起こされ方してんのね？」

女の子の事情と男の子の事情、ゆりかはその差の影響をもろに受けている。そもそも朝起こして貰うのは、異性の友達にして貰うような事ではない。スタートの時点から、ゆりかは孝太郎に少し無理を強いているのだった。

「だとしたら、ゆりかちゃんは自分で起きるしかないんでしょうか？」

ナナの心配はそこだった。ゆりかの性格からすると、このキリハの説明を聞いた後には目覚まし時計を買いそうに思えたのだ。ゆりかとて、孝太郎に無理をさせる事までは望んでいない筈だから。

「いや、我はそうは思わない」

意外な事に、キリハは首を横に振った。その時の彼女の目は真剣だった。そして彼女は自分の額、そして心臓の上と、順番に手を当てながら続けた。

「我らの役割と願望からすると、そろそろ孝太郎には覚悟を決めて貰わねばならない。その為にはゆりかには今以上に攻め続けて貰わねばならない」

　孝太郎の真なる王権の剣の力は、キリハ達九人の少女達によって支えられている。そして同時に彼女達は互いに固い絆で結ばれている。だから孝太郎がそこから一人だけを選ぶ事など不可能なのだ。そういった状況でゆりかが自主的に起きるようになっても、孝太郎の決断を先送りにするだけだ。キリハの考えでは、ゆりかには今以上に孝太郎の心に刺激を与え続けて貰う必要があった。

「今以上に攻めるって言われてもぉ、どうしたら良いかぁ………」

　ゆりかにはキリハが言う『今以上に攻める』という言葉がピンとこなかった。一体何をすればそれが可能なのだろうか、ゆりかはしきりに首を傾げていた。

「今日の大胆な水着作戦が思ったほどの戦果を挙げなかった以上、より思い切った手段が必要になるだろう」

　少女達が大胆な水着を着たのは、自分達がそうしたいというだけでなく、孝太郎にドキドキして貰いたいという願望も含まれている。それはつまり先程キリハが言った孝太郎の決断を早めるという意味もあるのだ。しかし今日の孝太郎の様子を見る限り、今一つ成功したとは言い難かった。そこでキリハはそれ以上の手段が必要だと考えたのだ。

「ああいう水着以上に、思い切った手段って何でしょうか？」

晴海が軽く顔を赤らめながら尋ねる。実は晴海の水着もかなり大胆なものだった。彼女なりに、という範囲ではあったが。それ以上となると晴海には想像がつかなかった。

「……思うに、我らには決戦用の下着の準備が必要なのではないだろうか？」

キリハがその言葉を口にした瞬間、その場にいた少女達の表情が凍り付いた。ネフィルフォランやナナ、ナルファや琴理には微妙に関係が薄い話ではあったのだが、その言葉の重大性故に無視は出来なかった。

「そっ、それって、里見君にいつ脱がされてもいいようにってコトよねっ⁉」

現代っ子ゆえか、いち早く立ち直った静香が酷く慌てた様子でキリハに真意を確認する。ここで勘違いが起こると大問題が発生するからだ。それに対してキリハは、重々しくもきっぱりと頷いた。

「そうだ。そしてそれは、我らもそれを覚悟して行動するという事でもある」

キリハがそう言った直後、少女達が纏う空気は真っ二つに分かれた。沸騰した者と、凍結した者の二種類だった。

「それじゃっ！　モタモタやっていては埒が明かん！　今が攻め時じゃ！」

「あたしの場合はあんまし効果出ないかもしれないけど、その考え方は好きっ！」

「良いんじゃない、私は丁度新しい下着を欲しいと思ってたし」

「おっ、おやかたさまがっ、わたくしの服をぬっ、ぬがっ、ぬがっ、きゃあぁぁぁぁぁぁぁ、そんなことがぁぁぁぁぁぁっ⁉」

　ティアと静香は明らかな賛成だった。早苗は自分の場合は霊能力のせいで勝負下着に変える事には殆ど意味がないと思っていたのだが、他の少女達がやる分には意味があると考えていた。ルースの場合は口では反対気味の事を言っているのだが、その妙に嬉しそうな表情とぱたぱたと元気に動く手足は、反対しているようには見えなかった。

「早いっ、まだ早いですわキィッ！　わたくし達はまだ十代の小娘ですわよっ⁉」

「クランさんが言う通りですっ！　男女の関係というものは、きちんと段階を踏んで育てていくべきですっ！」

「そういう事をしたら、里見君に怒られないかしら……」

「勝負下着なんて今すぐは無理ですぅ！　水着以上に身体のラインが出易いんだからぁ、時間が要りますぅ！」

　クランと晴海は反対だった。彼女達はなんだかんだで古風な考え方の持ち主なので、男女の関係は純粋であって欲しいと考えていた。真希の考えはより単純で、孝太郎の意思に反する形になる事を心配していた。そしてゆりかにはダイエットの時間が必要であり、それが終わる前に勝負下着を導入する事には抵抗があった。

「反対する者の気持ちはよく分かる。実のところ、我も新しい下着を積極的に見せる事には反対なのだ。恐らく逆効果だろうからな」

「じゃあどうしてですのっ!?」

「理由は二つある。一つは先程も言った、こちらの気構えの問題。これに関しては分かって貰えていると思う」

「わたくし達がもう一歩踏み込む勇気を貰う為、ですわね。では二つ目は?」

「………アクシデントは常に起こり得るという事だ。そう、常にな」

続いたキリハのこの言葉は、再び浴室の空気を凍り付かせた。

「キ、キィ、アクシデントとは………?」

「例えば………孝太郎がゆりかを起こす為にパジャマの中に氷水を入れようとした時、僅かでも力が強かったら果たしてどうなるか………そういう事だ」

「そういう事か!　流石じゃキリハ、気に入った!」

「我らは九人である事を積極的に利用するべきなのだ。事故の確率は単純計算で九倍になっているのだからな」

「キリハさぁん、すっごく悪い顔をしてますよぅ！」

「事故！　そう事故なら仕方がありません！　おやかたさまと事故！　きゃあぁあぁぁぁっ、そんなぁぁぁぁあっ！」

「駄目駄目っ、駄目ですわっ！　そんな火に油を注ぐような行為！」

「そうですっ、里見君との関係はもっとロマンティックに進めるべきです！」

そこからは大混乱だった。賛成派と反対派の意見は激しく対立し、浴室は怒号に包まれた。もし他の利用客が居たら絶対に抗議があっただろう。幸いホテルはビーチと同様に貸し切りだったので問題はない。普段は周囲に気を遣っている少女達が、それに気付かない程に重要な議題だったと言えるだろう。そして同時に、一日遊んでリラックスしていたからとも言えるだろう。

——あ～あ、あんたの知らないところで大変な事になってるよ、孝太郎！

白熱する議論の狭間で、早苗はふと渦中の人、孝太郎の事を思った。孝太郎が知らない内に、そこかしこにびっくり箱が仕掛けられようとしている。そして孝太郎が最初の箱を空けてしまった時にどんな顔をするか、早苗はそれが楽しみでならなかった。

——って、あれ？　孝太郎居ないなぁ……もうお風呂出ちゃったのかな？

反射的に孝太郎の気配を捜した早苗だったが、孝太郎の気配は既に男湯から消えてしまっていた。けれど早苗はそれ以上、孝太郎を捜そうとはしなかった。目の前で起こっている重大な議論に、飛び込む必要があったからだった。

海水浴二日目。この日は早朝からネフィルフォラン隊の訓練が予定されており、孝太郎はそちらに合流する事になっていた。折角の海水浴だったのだが、このタイミング以外に訓練のスケジュールを組む事が出来なかったのだ。とはいえこうした訓練は孝太郎や少女達、ナルファや琴理を守る為のものであるから、孝太郎としては文句はなかった。むしろ気のいい兵士達に感謝したいくらいだった。そんな訳でこの日はネフィルフォランが孝太郎を起こし、そのまま本隊と合流する事になっていた。

「皆さん、おはようございます。少し宜しいでしょうか？」

異変は少女達が朝食を取ろうとロビーに集合していた時に起こった。既に本隊と合流している筈のネフィルフォランが、彼女達のところへやって来たのだ。

「なんじゃネフィ、まだこんなところにおるのか？」

「それが……ベルトリオン卿をお見かけしませんでしたか？」

「コータローか？　見ておらんが……まだ寝ておるのではないか？　あやつを起こすのはゆりか以上に大変じゃからのう」

「ベルトリオン卿の部屋の中を確認したのですが、お姿が見えないのです。それに電話も繋がらなくて……」

「妙ですわね、あの義理堅い男が……」

ネフィルフォランは自身が目覚まし時計で目覚めたすぐ後に、孝太郎を起こそうとその部屋へ向かった。だが幾らノックしても返事がない。事前に少女達から孝太郎を起こすのは大変だと聞かされていたので、ホテルから合鍵を借りて——警備の都合があるのできちんと話を通してあった——部屋へ入った。するとそこは何故か無人だったのだ。

「何か事件でもあったのでしょうか？」

ナルファが心配そうに眉を寄せる。孝太郎は理由もなく姿を消すようなタイプではないので、姿が見えないというだけで心配なナルファだった。

「フロントに伝言でもないかと確認したのですが、そもそもフロントはベルトリオン卿が消えた事自体に気付いていない様子で」

「ふむ……心配じゃのう。クラン、何とかならんか？」

「少々お待ちくださいまし。ベルトリオンの携帯電話の位置情報を……っと、これですわね。妙ですわ、電源を切っているようでデータが途切れていますわ」

クランはまず携帯電話の位置情報を調べた。孝太郎の携帯電話はフォルトーゼの技術で作られたスマートフォンで、孝太郎を守る為に多くの機能が備わっている。位置情報を追跡出来る機能もその一つで、最初からそれが可能なように作られていた。だがその情報が追跡できない。最後の情報は夜明け前のもので、ホテルの敷地内にいるのが記録されていた。

「最後はどこじゃ?」

「ホテルのフロントの辺りですわね」

「それならホテルの防犯カメラに映っているのではないだろうか?」

「すぐにホテル側に協力を要請する!」

ティアは言うが早いかホテルのフロントに走っていった。通常なら宿泊客が防犯カメラの映像を見せろと言ってもホテル側は見せないだろう。だが今回に限ってはホテル側も協力してくれるだろう。ホテルは宿泊客が何者なのかを知っているし、警備のフォルトーゼ兵士が敷地内にいる事を許してくれていたから。実際、ティアは何分もしないうちに戻って来た。

「許可をくれたぞ。これがパスワードだそうじゃ」

「すぐに出しますわ。少しお待ちくださいまし……」

クランはいつも身に着けている腕輪型のコンピューターを、ホテルのネットワークに接続する。そしてパスワードを使って管理者領域に入り込み、難なく防犯カメラの記録映像に辿り着いた。

「時刻は夜明け前の……このあたりですわね」

「……誰も居ないね？」

早苗が言うように、映っていたのは無人のフロントだった。照明が常夜灯に切り替わっているので、映像は薄暗い。だがそこに誰の姿もないのは明らかだった。

「スマートフォンの電源が切られた時間はもう少し後ですわ。時間を早回ししてみますわね」

クランは記録映像の再生速度を速めた。するとタイムカウンターが数分進んだところで映像の右側、エレベーターがある方から何者かが現れた。

「孝太郎だ！　ゆっくりゆっくり！」

「はいはい……よしっと」

「カラマとコラマの姿もあるな。どこかで遊んでいるのかと思ったが、孝太郎と一緒だったのか」

クランは人影が現れた段階で映像の再生速度を元に戻した。現れた人影はやはり孝太郎だった。その左右には埴輪達の姿もある。薄暗いので表情ははっきりとは見えないが、三人の足取りが楽しげなのは見て取れた。

「ちょっと待って、里見君が持ってるのって何かしら？」

静香が孝太郎の持ち物が見慣れないものである事に気が付いた。だがこれも薄暗いせいと孝太郎が動いているせいではっきりとは見えなかった。しかしカメラの真ん中で孝太郎が立ち止まってスマホの電源を切る時に、真希がそれが何なのかに気が付いた。

「マクシミリアンとヘンリエッタ……でもジェラルディーンは持っていません」

「まくしみりあん？　へんりえった？　じぇらるでぃーん？」

真希の言葉の意味が分からず、ルースが不思議そうに首を傾げる。それもその筈、ルースは孝太郎が昨年その三つを使う現場に立ち合っていなかった。

「虫取り網のマクシミリアン、虫カゴのヘンリエッタ。仕掛けに使う樹液が詰まったボトルがジェラルディーン。里見君の虫取り三点セットです」

孝太郎は愛用の虫取り道具に名前を付けていた。それは当初は念の為の暗号名だった。虫取り道具に過敏な反応をする者が居たからだ。しかし今は単純にその名前に愛着があるから使っている。呼び続けていると名前に愛着が湧くのは世の常だろう。

「ほう、魚釣りの次は虫取りとな」

ティアは薄っすらと笑う。だがその声には明らかに怒気が含まれている。その影響もあって、ティアの笑顔には妙な迫力があった。

「しかもネフィルフォラン隊との訓練をほったらかして……」

ルースは冷静だった。冷静だったが、その声は冷たい。普段の優しさ溢れるルースは何処へ行ったのか、その声を聞いた少女達が震え上がるほどだった。

「いえ、まだ虫取りに出掛けたとは限らないのでは……」

ネフィルフォランは幾らなんでも虫取りはないんじゃないかと思った。仮にそうだったとしても怪我して動けなくなったとか、不慮の事故を疑うべきだと考えていた。それにフォルトーゼの人間には孝太郎に数え切れない程の恩がある。多少の事では目くじらを立てる必要は無いのではないかと思うネフィルフォランだった。

「ネフィルフォランさん、あなたは甘い！　里見君が遊びに賭ける劫火のような情熱をまるで理解していない！　あの情熱があるからこそ、私達が必死で用意した派手な水着が目に入らないんです！　ネフィルフォランさんだって、里見君がご自身の水着にどういう反応を示すのか、それが少なからず楽しみだったんじゃありませんかっ⁉」

「そ、それは……」

だが静香が弾丸のように反論すると、ほんの少しだけ迷いが生じた。ネフィルフォランもフォルトーゼの女の子だ。伝説の英雄が自分の水着姿にどう反応するのかは、非常に興味がある事だった。逆に水着姿に失望されるのも困る。かつて世話になった親戚のお兄さんに良い印象を残したい、ネフィルフォランはそんな気持ちでこの二日間に臨んでいる。だから水着やファッションの決定にも時間をかけた。なのにその孝太郎はネフィルフォランを見ない。気持ちは魚釣りや虫取りに行っている。言われてみれば確かに、失望感を覚えなくもなかった。

「気になるのは、ベルトリオンがジェラルディーンを持っていない事ですわね。既に罠を仕掛け終わっているのか、ネフィルフォラン隊が手を貸しているのか……」

時間に限りがある場合、カブトムシを捕まえる最上の策は罠を仕掛ける事だ。そして孝太郎が良く使うのが樹液を使った罠だった。カブトムシがいそうな場所に樹液を塗ったりして、誘き寄せる訳だ。樹液を食べ終わるまでカブトムシはその場を動かないから、後からやって来て悠々捕まえる事が出来る筈だった。

ぱん

「そういえば、孝太郎昨日の夜いなかったよね！」

早苗が両手を打ち合わせながら声を上げる。早苗は昨日風呂に入っている時に孝太郎がホテル内に居ない事は確認していた。そして風呂から出た後に孝太郎と遊ぼうとホテル内を捜したが見付からなかった。仕方なくそのまま眠りについた早苗だった。

「罠は既に設置済みという事か……それならこの妙に楽しげな姿も頷ける」

キリハは監視カメラの映像を戻したり進めたりしながらそう言った。ホテルのフロント前を通過する孝太郎と二体の埴輪は、まるで子供のように楽しげだった。非常に軽い足取りで、友達と喋りながら歩いていく。それは幼い頃の通学風景にも似た、今日は一体どういう事があるんだろうという、明るく希望に満ちた姿だった。

「………皆の者、あの馬鹿を追うぞ！」

ティアの瞳がギラリと光る。

「えっ、今日は遊ばないんですかぁ？」

ゆりかはあえてそう確認したが、実のところゆりかも多少は怒っていた。誰の為のダイエットだったのか、その思いはゆりかにもあったのだ。

「遊びより大事な事がある！　今日という今日は、わらわ達が何者なのか、それをあやつに思い知らせてくれる！」

ティアは完全に頭に血が上っていた。昨日の釣りや、卓球、そして今日の虫取りも。どこまで女の子の都合を無視すれば気が済むのか。今のティアは、監視カメラの映像の孝太郎の笑顔さえ腹立たしい。仕方がないだろう、ティアは女の子だった。

「あーあーあー、こうなるとティアは退かないわよー」

早苗の場合は別に水着やファッションの事はどうでも良かったのだが、それでも遊びに行くのに置いていかれた事は怒っていた。孝太郎を捕まえて、サソリ固めをかける気満々になっていた。

「仕方ありません。わたくし達にもプライドがございます故」

とはいえ、早苗の怒りは遊びの範疇に留まっていたのだが。

「ルースもかー。こりゃもう止まんないなぁ」

ルースの瞳も怒りに燃えていた。魚にしろ虫にしろ、ルースより大事なものがあるという事が腹立たしい。ルースの怒りはどちらかというと嫉妬のそれだった。

「琴理さん、実のところどうなんですか？　里見君って子供の頃にはこういう事をしましたか？」

この時、晴海は冷静だった。幼馴染みの琴理に孝太郎の過去について確認する。すると同じく冷静だった真希とキリハの視線も彼女に向いた。

「ちょっと分からないです。私にも初めてのケースで……」

幼い頃はずっと孝太郎の後をついて回っていた琴理なので、孝太郎の事は多くを知っている。それでも記憶の中には類似する事件はなかった。

「そもそもの話ですが、コウ兄さんが約束を投げ出して遊んでいるという状況が、信じられないというか……」

「同感だ。孝太郎の行動としては多少奇妙に思える」

キリハは琴理の言葉に同意すると、黙って考え込んだ。実は孝太郎以外にも気になる事があったのだ。

――何故カラマとコラマが我に無断で孝太郎に協力しているのか、そもそもというならこれも奇妙なのだ……。

カラマとコラマは代々クラノ家に仕えて来た忠臣だ。霊子力技術で作られた自動人形だとしても、その忠誠心には疑う余地はない。その埴輪達がキリハに黙って姿を消した状況自体が彼女には奇妙に思える。『明日大きいブラザーとカブトムシを取りにいくホ！』ぐらいは言い残してもいい筈なのだ。

「何をしておる！　出発するぞ！　一刻も早くあやつを捕まえねば！」

「キリハ様、ティア殿下が出発なさいましたよ」

キリハを現実に引き戻したのはナルファだった。無言で考え事に集中しているキリハの服の袖を引き、ティア達がホテルのロビーから飛び出していく姿を指し示した。

「ん、ああ、すまん。我らも行くとしよう」

キリハはナルファに笑いかけると、彼女と一緒に歩き出した。そしてキリハはその時にふと、ずっと無言で様子を見ていたナルファに尋ねてみたくなった。

「ナルファ、今回の事件をどう思う?」

それはキリハにしては酷く漠然とした質問だった。だがナルファは軽く微笑んだ後、少しも迷う事無く答えた。

「分からない事だらけです。でも一つだけはっきりしている事があります」

「それは?」

「コータロー様は皆さんを深く愛しておいでです。羨ましくなってしまうくらいに」

「………確かにそうだ。もしかしたらそれが手掛かりかも知れない」

ナルファの答えも漠然としていたが、キリハはその答えに満足すると懐からスマートフォンを取り出した。そしてティア達の後を追いながら、何処かへと電話をかけた。

一方その頃、孝太郎と二体の埴輪は確かに少女達の予想通りに山中に居た。だが孝太郎達は三人だけではなかったし、虫取りもしていなかった。三人は山中に設営された簡易的な作戦指令所で多くの兵士達に囲まれていた。この兵士達は全員がネフィルフォラン隊所属で、そして全員が酷く真剣な表情を浮かべていた。

「機動強行偵察部隊から入電！　予定通り皇女殿下達が行動を開始、パルドムシーハ卿が電子装備などを展開、索敵を開始した模様です」

「すぐに偵察部隊を下がらせろ！　ルースさんの索敵は通常の倍近い距離でも平気で見付けてくるぞ！」

「里見さん、そんな事が可能なの？」

　孝太郎の指示に、傍らに控えているナナが疑問を呈した。フォルトーゼの電子装備が優れているのは分かる。だが同じ装備で身を守っているのだから、警戒のし過ぎではないかと考えたのだ。

　ナナは訓練に備えて昨夜の内にネフィルフォラン隊に合流していたのだが、今は何故か孝太郎の副官を務めている。孝太郎とネフィルフォラン隊の間に立って、両者の連携を円滑に進める為だった。どれだけ優れた軍隊でも、指揮官が変わるとやり難い事は多い。今ナナが口にした疑問は、恐らくそこに居たネフィルフォラン隊の隊員の多くが奇妙に思いながらも質問できなかった疑問だった。

「ルースさんは複数の探査装置を組み合わせて分析する事で、通常ならノイズとして処理されてしまうような僅かな情報を見付け出してしまうんです」

「同じ機器でも、情報の精度が上がるって事ね」

「それに一度見付かって早苗が動き出すと厄介です。あいつに捕捉されるとこいつらが居ないと逃げ切れません」

『ホー、早苗ちゃんが相手だと霊子力フィールドが必要だホー！』

『クラスⅡ遮蔽でも良いホー！　どちらにせよここからでは無理だホー！』

残念ながら早苗に対抗できるのは埴輪達だけだ。恐らく埴輪達がキリハの傍に居れば、あっという間に孝太郎は捕まってしまうだろう。そうならなかったのは埴輪達が協力してくれる事になったからだ。埴輪達はラジコンの新しいパーツと引き換えに、キリハを売ったのだった。

「更に言うとティアと大家さんの視力が尋常ではありません。後退時に窓ガラスや双眼鏡が太陽の光を反射しないように気を付けさせて下さい！」

「みんな、聞いた通りよ！　相手はフォルトーゼ最強の分隊、もしかしたら現時点で宇宙最強かもしれない。その侵攻を食い止め、ベルトリオン卿を守り切るのが今回の訓練の目的よ！　細心の注意を払って！　この相手には少しの油断が命取りよ！」

実は今回の訓練はティア達が敵役として行われる事になっていた。孝太郎はきちんと夜明け前に訓練に合流していたのだ。敵は撮影班のナルファと琴理を除くと、ティア達九人に加えてネフィルフォランという、たった十人の小さな部隊だ。だがその実力はフォルトーゼの内乱で十分に示されている。この十人で何倍もの兵力を倒せるだろう。そして何より、彼女らは魔法と霊子力技術を備えている。今後の事を想定すると、最悪のケースはラルグウィンが魔法と霊子力技術を備えて襲い掛かってくる事。その予行演習としては、これ以上ない相手だった。

『了解！』

声を揃えて返答するネフィルフォラン隊の者達、その表情には少しの油断もない。この訓練で得る情報がどれだけ貴重なものであるのか、それがどれだけ多くの人々の命を救う事になるのか、それをよく分かっているからだった。

「………でも里見さん」

ナナが孝太郎に近付き、耳元でそっと囁く。

「………これって、あの子達を本気で怒らせちゃっていませんか？」

「………本気じゃないと訓練にならないでしょう」

孝太郎もナナに囁き返した。計画の段階から、孝太郎には少女達が怒るだろう事は分かっていた。だがそれでも必要な事なのだ。だから孝太郎は鉄の意思でこの訓練計画を推し進めた。

「……後が大変よ、きっと」

「……土下座でも何でもしますよ。それにこれは結局、あいつらを守る事にも繋がる訳ですから」

「……ねえ、里見さん。もう少し器用に生きても良いんじゃない？」

ナナはそう言って子供のように笑う。この時の彼女は、何となくだが、ゆりかが何故孝太郎を愛しているのか、その理由が分かりかけてきていた。孝太郎は本当に必要なら茨の生い茂る場所にも迷わず飛び込んでいってしまう。そのトゲから守り、あるいはトゲを抜いてやりたい――ゆりかはそう考えているのだろう、ナナはそんな風に思っていた。

「……それが出来ないからこうなっています」

「……あはは、後が大変よ、きっと」

ナナは少し前に口にしたのと同じ言葉を繰り返し、同じように笑った。だが少し前とは違って、このままだと九人では済まないかもしれないと、子供のような笑顔の裏で大人びた事を考えていた。

少女達がホテルを出てから三十分が経過していた。しかし少女達は未だに孝太郎を見付けられずにいた。少女達があらゆる手段を用いて追跡しているにもかかわらず、だ。

「孝太郎はここで誰かと合流したっぽい。でもここで霊波が凄く弱くなってるの」

「カラマとコラマの仕業だろう。二人が霊波を遮断しているのだ」

「合流したのは私の隊です。彼らと連絡が取れなくなっています」

「そっか、里見君には軍隊の最上位の指揮権があるもんね」

その代わりに少しずつ状況が明らかになりつつあった。孝太郎は山に入った段階でネフィルフォラン隊と合流。カラマとコラマの援護により少女達の追跡を避け、山中を移動しているようだった。

「おのれコータローめ、カブトムシを獲る為にここまでするとは！」

「サナエ様、おやかたさまの気配を辿る事は出来ませんか？」

「出来なくはないけど、時間がかかると思う。偽物も幾つか混じってるみたいだから」

早苗の能力をもってすれば力技で孝太郎を追う事は可能だった。だが何時間もかかってしまうようでは追跡の意味をなさない。孝太郎が虫取りを終えて下山してしまっては無意味なのだ。他の手段で追跡する必要があった。

「僅かですけれど、魔力の反応があります」

「シグナルティンではありません。あれならば使用された段階で私に伝わりますから」

「だとしたらぁ、ナナさんのエンサイクロペディアですぅ」

「ナナまで向こうについておりますの⁉」

最も一同を驚かせたのは、正義の魔法少女の鑑とも言うべきナナが、孝太郎に協力している事だった。何故孝太郎を諌めないのだと、少女達を混乱させていた。

「……キリハさん、少し宜しいですか?」

「構いませんが」

情報が一通り集まった段階で、ネフィルフォランはキリハにそっと近付いた。彼女は他の少女達に聞こえないように、キリハに小声で話しかけた。ネフィルフォランには気になる事があったのだ。

「この騒ぎですが……本当にただの虫取りだと思われますか?」

ネフィルフォランの言葉を聞いた時、キリハは一瞬だけ驚きの表情を浮かべた。だがすぐに薄く笑うと、キリハは首を横に振った。

「いいえ。孝太郎は釣りや卓球、虫取りを餌に我らに追跡させようとしているように感じます」

昨日からの孝太郎の行動は不自然だった。今の孝太郎がここまで無神経だとはキリハには思えなかったから。だとしたら孝太郎には別の意図があり、この形で追跡される事を望んでいるのではないか、という結論に至ったのだった。

「やはりそう思われますか。ならば……これは訓練なのでしょうか？」

「その可能性が高いと考えています。カラマとコラマだけでなくナナまで協力している理由は、それ以外には考えにくいでしょう」

「訓練ならば……魔法と霊子力技術を備えた我々——敵勢力と、予期せぬ状況での遭遇戦を想定している？」

「はい。ラルグウィン一派が魔法を手に入れたと仮定した場合、代役を務められるのは現状我らだけです」

ネフィルフォランは既にある程度孝太郎達の手の内を知っているので、孝太郎の代役として少女達に同行させる。逆に孝太郎は魔法や霊子力技術をよく知っていて、かつ本人はそれらの能力を持っていないので、指揮官としてそれらと戦う方法をネフィルフォラン隊に伝える役に回る。それこそが最も効率良く訓練の目的を達せられる構図だった。

「だとすると我々十人の勝利条件はなんなんでしょう？」

「本来予定されていた訓練の期間中に孝太郎を確保する。今、ティア殿を衝き動かしている感情がそのまま答えであるかと。気を引き締めてかからねばなりません」

「お見事。これは考え抜かれた訓練なのですね」

ネフィルフォランの賞賛の言葉は孝太郎とキリハ、双方に向けられた言葉だった。孝太郎は少女達の能力と性格から、この絶妙な形の訓練を考え出した。キリハはそれを看破して、訓練に協力するつもりになっている。孝太郎とキリハの双方がお互いをよく分かっていなければこうはならない。つまるところ二人の強い絆の証明だった。

「それも虫取りではないと考える理由の一つです。孝太郎一人で考えたとは思えない」

「……虫取りではないから、私の二人の副官が協力している、か。なるほど……」

確かに少女達の手の内は孝太郎が一番よく知っている。だが作戦の組み立てまで孝太郎が全てやったとは思えない。ネフィルフォランには副官が二人いるが、その二人が作戦を考えたとすれば筋は通った。

「そして、これが訓練であるなら、そろそろ向こうから攻撃がある筈です」

「何故ですか？」

「孝太郎が我々が行動を決めかねると読むからです。規模は小さくても良いので、攻撃してこちらの行動を引き出したい」

キリハの考えは筋が通っているが推測の域を出ない。慎重派の面々が情報不足と感じて様子見を提案する可能性は十分にあった。孝太郎はそれを力業で防ぐ筈――というのがキリハの予想だった。

「なるほ――」

ネフィルフォランがキリハの言葉に頷きかけた、その時だった。

「キリハー、ちょっと来てー！　ゆりかとティアが落とし穴に嵌った！」

早苗が驚くべき報告をした。するとキリハの目が輝いた。

「ネフィルフォラン殿、来ます！」

「総員戦闘態勢！　ただし武器は訓練用を使用する事！」

ゆりかとティアが落とし穴に嵌って、少女達の足並みが乱れたその時、山の木々の隙間から猛烈な勢いで銃弾が襲い掛かって来た。その銃弾は訓練用の模擬弾だった。流れ弾が命中した岩は、オレンジ色の塗料にまみれている。キリハとネフィルフォランの読み通り、これはやはり訓練なのだった。

「皆の者、直ちに伏せよ！　敵は最初からこの位置に照準を合わせておる！」

ティアは言うが早いか、クランの宇宙戦艦『朧月』から呼び寄せたビームライフルを構える。このライフルはロングバレルでスコープが取り付けられた狙撃仕様。彼女はその銃口を銃弾が飛んでくる方向へ向けた。同時にそんな彼女の頭上を模擬弾が何発も通り過ぎていく。落とし穴を利用して低く構えていなければ、彼女の顔はオレンジ色になっていただろう。

「殿下(でんか)、弾道(だんどう)計算が終わりました！」

ルースもティアが嵌った落とし穴に飛び降りてくる。そして無人機で収集した情報を分析したデータを、ティアの狙撃銃(そげきじゅう)のスコープに送り込んだ。

「待っておったぞ！」

スコープに表示された敵がいると予測される地点に向けて、ティアはライフルを何発も発射した。

キュンッ、キュキュン

するとすぐに敵の攻撃が止まった。ティアのライフルも訓練用でダメージはない。だが命中を受けたと判定されれば動きを止めるのが訓練のルール。ティアが発射したビームのうち一発が見事に敵を捕(と)らえたのだった。

「ふっふっふ、面白(おもしろ)くなってきた。コータローめ、虫取りの時間稼(かせ)ぎに我らに戦いを挑(いど)もうというのじゃな！」

ティアの目がギラリと光る。落とし穴という単純過ぎる罠は彼女のプライドをいたく傷付けていた。その不穏(ふおん)な輝きが少し不安になった晴海は、近くにいたナルファと琴理に話しかけた。

「多分、これから無茶苦茶になりますから、少し後ろから付いて来て下さい。そうすれば里見君は絶対に貴女方を巻き込みませんから」

「は、はいっ」

「ナルちゃん行こう！」

琴理とナルファは大急ぎで離れていく。孝太郎が何を考えているにせよ、二人が一緒ではやり辛さはある筈。もちろんその事情は晴海も同じだった。

「さて、私達の騎士様は一体何を考えているのか……」

晴海がそう呟くと、彼女の髪が銀色の光を放ち始める。魔力を活性化させ、次の攻撃に備えているのだ。だがティアとは違い、晴海はずっと冷静だった。晴海はキリハと同じく訓練の可能性には気付いていたが、何かまだ孝太郎らしくない気もしていた。それでも孝太郎が戦いを望んでいるのは分かる。ならば戦ってみるべきだろう、それが晴海の結論だった。

こうして少女達と交戦状態となった孝太郎とネフィルフォラン隊だが、すぐに彼女達の実力を思い知らされる事となった。行動を促す為のものだったので最初の落とし穴と無人狙撃銃の組み合わせが簡単に突破されるのは分かっていたが、少女達との交戦を想定して敷かれた防衛陣地まであっさりと突破されるとは思っていなかったのだ。

「撃ってきた、撃ってきた！」

ビー、ビー

「ダイガー、ラウンドット、ダウン！」

「もう二人やられた⁉　こっちはまだ射程外なのに⁉」

「爆裂弾タイプとはいえ、何故この距離で当たる⁉」

「ベルトリオン卿から入電！　『キリハさんがルースさんと早苗と桜庭先輩のサポートを受けて部隊の居場所を読んでいる。そこへ向かって上空からティアが勘で撃って来るから、定石の場所で迎撃しようとするな』との事です！」

「戦闘の定石を利用されているのか⁉」

「居ましたっ、ティアミリス皇女殿下です！　ベルトリオン卿の仰る通りです！　太陽の中にいらっしゃいます！」

「いつの間にそんな場所へっ⁉」

　銃弾が届かない超遠距離の時点から、ネフィルフォラン隊は少女達の攻撃を一方的に受ける事になっていた。歴戦の戦士目線では、山の中には幾つも戦うのに適した地形があった。当然ネフィルフォラン隊はその場所に布陣する事になる。だがキリハはルースが用意した詳細な地形図を見た段階でそうした場所を見抜いてしまう。続いて早苗と晴海が、霊能力と魔法でキリハが挙げた候補地点を探る。そうして発見したネフィルフォラン隊の防衛陣地にティアが砲弾を撃ち込む訳だ。どんなに防御に適した地形であっても、上空から角度を付けて撃ち込まれては防ぎようがない。しかも反撃しようにも銃弾は届かない。ティアの方も通常なら射程外だが、彼女は上空から撃っているので実際の射程よりもずっと遠くまで弾が届くのだ。こうなってはお手上げで、ネフィルフォラン隊は折角の優位地形を放棄せざるを得なかった。

「出て来た出て来た！　藍華さん、またキリハさんが言った通りになったわ！」

「いつもながらキリハさんには驚かされます」

「本気で行かせて貰うぞ、今日はお前達の力を見せて貰う！」

　そんなネフィルフォラン隊に襲い掛かったのが、接近戦が得意な静香と真希、そして他ならぬネフィルフォラン本人だった。静香は変身こそしていなかったが大砲並みの威力がある拳を振り翳し、真希は既に大剣と化した魔法の杖を構えている。ネフィルフォランは装甲服に身を固め、愛用の大槍を振り回す。それらはどれも訓練用の武装だが、込められた気合だけはどれも本物だった。

「連隊長ッ⁉」

「機動歩兵前へ――――」

ティアの砲撃に追われるようにして移動を始めた為、ネフィルフォラン隊の足並みは乱れていた。おかげで本来最前列にいるべき、パワーアシスト機能付きの装甲服を着た歩兵が散り散りになってしまっている。現場の指揮官は、目の前に現れた静香達を迎え撃つ為に慌てて彼らを最前列に出そうとした。

「ショートテレポート・モディファー・エリアエフェクト・ミニマム！」

「なんだっ⁉」

「噂のユリカ・アタック⁉」

「言ってないで、みんな伏せろぉっ‼」

だが機動歩兵達が前に出る前に異変が起こった。移動中の部隊を囲むようにして、八個の手榴弾が何処からともなく出現したのだ。それは図ったかのように綺麗な円を描いており、ネフィルフォラン隊は完全に逃げ場を失った。

「………ユリカ、後は頼みますわ」

だが手榴弾は爆発しなかった。手榴弾は出て来た時と同じように、忽然と姿を消した。実は手榴弾はクランが作った立体映像。そもそも少女達は初めから、手榴弾で攻撃するつもりはなかったのだ。

「スリープクラウド・モディファー・オートホーミング！」

手榴弾を避けるべく素早く身を伏せたネフィルフォラン隊に、ゆりかの毒ガスが襲い掛かった。ゆりかが使った毒物は、今回は訓練なので単純な催眠ガスだ。ほんの僅かに目視できるくらいの毒ガスの雲が、身を伏せた兵士達を撫でていった。

「やっぱりこれが一番安全ですわね」

「安全と引き換えにぃ、何かとても大切なものを失った気がしますぅ」

「………確かに」

ガスに触れた兵士達は次々と意識を失っていく。彼らは突然意識を失った訳だが、最初から伏せていたので怪我はなかった。手榴弾の立体映像は、そうさせる為に必要だったのだ。その辺りの事も含めて、クランの策略だった。

「まさかこうもあっさりと………連隊長が十人襲ってくるつもりで準備したのに、その想像を上回って来るとは………」

ゆりかが操る毒ガスの雲は全ての兵士を眠らせた訳ではなかった。魔法の効果に耐えた者や、効果範囲の外にいた者達が数名存在したのだ。だがその数人では迫り来るティア達を止める事は出来なかった。

「個々の能力に様々なバリエーションがあるという事だ。我々は遠からず、こうしたタイプの敵と戦う事になる」

「連隊長が訓練が必要だと仰った意味がようやく実感できました。………完敗です」

「ならば、この場所は任せる。他の陣地を攻めねばならないからな」

結局残った兵士達は降伏し、ティア達は刃を納めた。少女達がこの場所の防衛陣地を攻略するのに使った時間は二分もない。電撃的かつ圧倒的な勝利だった。そしてこうした戦いを経験させる事こそがネフィルフォランの目的だった。おかげで兵士達は霊子力兵器と魔法を兼ね備えた敵の恐ろしさを、存分に理解する事が出来たのだった。

孝太郎がいる作戦指令所は緊張感で張り詰め、慌てた様子のオペレーター達の声が飛び交っていた。それもその筈で、数では少女達に大きく勝る筈のネフィルフォラン隊が、苦戦を強いられていたのだ。

「防衛陣地Gの三から返答がありません！　交戦開始の報告から、一分四十秒で通信が途絶しました！」

オペレーターの悲鳴じみた報告を聞くと、孝太郎は驚いた様子でテーブルいっぱいに表示されている地図を見つめた。

「たった一分四十秒しかもたなかったか。分かっているつもりだったが、あいつらを敵にするとこんなに強かったんだな……」

開戦から一時間、孝太郎達が設置した防衛陣地は幾つもティア達に突破されていた。地図には当初孝太郎達の勢力範囲が青い色で表示されていたが、今はそれが三割ほど赤く変わっている。特に猛威を振るっているのはティアとネフィルフォランの二人で、ネフィルフォランの優れた突破力と、それを支えるティアの正確な援護射撃、そして二人を晴海の魔法が適切にフォローするので、ネフィルフォラン隊の防衛陣地はあっという間に突破されてしまうのだった。

「落とし穴もだんだん効かなくなってきましたね」

「さては、クランの奴が何か始めたな……」

冗談のように思えるだろうが、実は落とし穴は魔法と霊子力技術に対抗する有効な罠だった。ロボットに落とし穴を作るように命じれば、霊的な痕跡が一切残らない。ロボットは何も考えないからだ。人間が罠を作ると早苗に追われてしまうから、この罠が一番少女達に手掛かりを与えずに足止めできる手段なのだった。

だがこの罠も徐々に効かなくなってきている。孝太郎はそれを、クランが地面の下の空洞を調べ始めたのだろうと考えている。何か対策が必要だった。

「仕方ない、増援を一段前進させよう」

魔法と霊子力技術を備えた敵と戦う場合、一番重要なのが配置された兵士達に自分達の居場所を教えない事だった。最初に輸送車両で移動させ、それ以降は作戦指令所からの指示に従って移動する。こうする事で早苗や真希が兵士達から情報を得られないようにする訳だ。今回の指示もそうで、幾つかの部隊が孝太郎達の作戦本部からの指示に従って前進していった。

「里見さん、動かす部隊がワンパターンにならないように気を付けて。向こうは多分、移動させた部隊の足取りを追ってこっちに向かっている筈だから」

「そうか、移動した部隊は自分達が移動した分の情報は持っているから！　気を付けます！」

孝太郎が少女達の癖を読み、孝太郎のミスは適宜副官を務めるナナが修正する。作戦指令所がこのように機能している事もあって、ネフィルフォラン隊は善戦していた。防衛陣地は素早く突破されるものの、孝太郎がいる作戦指令所の場所は未だに悟られていない。このまま終了予定時刻まで孝太郎が逃げ切る可能性は十分にあった。

「そろそろ私が行った方が良いかしら？」

「キリハさん辺りがナナさんや俺が動くのを待っている筈です」

「………動けばゆりかちゃんやルースさんの網にかかって、女王蜘蛛のお出ましと」

ここで言う女王蜘蛛とは静香の事だ。静香の力は圧倒的だが、彼女を投入するタイミングと場所を間違えば、少女達は大きな損害を被る。特にナナが出て来た時に静香が別の防衛陣地を攻めていたりすると最悪だ。かつてはダークネスレインボゥの幹部七人とたった一人で戦ってきたナナなので、魔力を殆ど失っていても敗北の可能性はある。だから少女達は、唯一ナナと互角に戦える可能性がある静香を積極的に使う訳にはいかなかった。自然とナナや孝太郎が動くのを待って静香を投入というのが少女達側の作戦となる。ナナはそれが分かっているから静香を女王蜘蛛と評したのだった。

「それ、絶対大家さんの前では言わないで下さいね？」

「言葉のあやよ。ふふふ、敵を気にしてる余裕があるって事は、もうしばらくは大丈夫そうね」

孝太郎とナナが一緒に戦った経験はそう多くはないが、不思議と二人の関係は上手くいっていた。孝太郎はそれをゆりかのおかげだろうと思っている。共通の親しい友人のおかげで、何となくずっと前から知っている人間のように感じるのだった。

戦況は厳しくても和やかムードの孝太郎達とは違って、ティア達には剣呑な空気が漂い始めていた。敵を倒してもロクな情報は得られず、孝太郎の居場所は依然として分からない。魔法や霊力で探そうにも、ナナや埴輪達が適切な防御を敷いているらしく、有力な手掛かりは得られなかった。おかげで戦闘の好調さとは裏腹に、ティア達にはイライラが募った。それを更に刺激するのが、ところどころにある落とし穴だ。今はクランが周囲の空洞を探知しているので嵌る事は殆どなくなっていたが、ここぞという時に落とし穴に嵌った少女達は更にイライラを募らせていた。

「む〜〜〜、まだコータローは見付からんのか?」

ティアは不機嫌そうな顔で腕組みをしている。髪にはところどころ泥や木の葉がついていて、ここまでに何度か落とし穴に嵌った事が窺われた。

「なかなか尻尾を出しませんね」

真希はティアとは違って冷静だった。やはり軍事組織での経験が生きており、こういう我慢比べの状況には慣れていた。

「キィ、何か手はありませんの？」

困った時の何とやら――――クランはキリハに助けを求めた。だがキリハは首を横に振った。

「向こうが何か失敗でもしてくれない事には、こちらからは動きようがない。向こうが山全体に布陣しているおかげで、孝太郎の居場所が特定出来ないのだ」

ルースが偵察用の無人機を送り出して近くの防衛陣地を幾つか見付けているが、孝太郎の姿は見えなかった。もしかしたらそのうちのどれかに隠れているのかもしれないが、順番に攻撃しても時間を浪費するばかり。それに防衛陣地はもっと沢山ある。どうにかして孝太郎の足取りを掴まねばならないが、孝太郎はなかなか尻尾を出さない。キリハとしても手を出しあぐねている状況だ――――というのは表向きだ。

「ナナさんが一緒だからぁ、かなり厳しいと思いますよぉ」

「確かに、ナナの戦術眼は大したものだ。この防衛陣地の配置を考えたのは、恐らくナナだろう」

「えへへへぇ」

「自慢げにしていてどうするのじゃ！　師匠を超える努力をせよ！」

「はっ、はいですぅ！」

実は戦況が膠着気味なのは、キリハが状況に応じて力を抜いている為だった。先程キリハの部下達から連絡があり、彼女が気にしていた事の答えを届けてくれた。そしてこの状況全体を色々と考えてみた結果、彼女は手を抜き始めた。もう少し山中を歩き回った後に孝太郎の本陣に押し掛ける必要があったからだった。

「……あら？　キィ、何か良い事でもありまして？」

この時キリハは微笑んでいた。それに気付いたクランが不思議そうに首を傾げる。そんなクランにキリハはにっこりと笑いかけた。

「ふふふ、良い事はこれからあるのだ」

「？？？」

漠然としたキリハの答えに、クランは更に首を傾げた。今の時点でキリハは孝太郎の真意に気付いている。そして気付いていたから、協力する事にした。言うなればキリハはティア達を裏切り、孝太郎側に付いていたのだった。

戦闘開始から数時間後。真夏の太陽が頭上に到達する頃には、少女達は孝太郎を追い詰めていた。発見に手間取った作戦指令所に到達しようとしていたのだ。

「孝太郎がいるよ。間違いない」

「前に出るナナを守る為に埴輪達を使ったのが運の尽きじゃ。このまま作戦指令所に雪崩込むぞ！」

ずっと尻尾を出さなかった孝太郎だったが、少し前に一つだけミスを犯した。ティア達の進行方向が運よく孝太郎がいる作戦指令所に向いた為に、孝太郎はナナを前線に投入した。その時ギリギリまでナナを隠す為に埴輪を使った事で、孝太郎本人が早苗の霊視に引っ掛かってしまったのだ。

「でも、こっちにも気付かれてる！　孝太郎が下がってくよ！　やっぱりあたし目立つみたい！」

「シズカさん、マキさん、私と共に前へ！　行きますよ、ティアミリスさん！」

「おう！」

「こっちに向かって来ているナナさんはぁ、どうするんですかぁ？」

「向こうは中隊編成、こちらの足の方が早い！　先にコータローを捕まえられる！」

孝太郎は本陣を捨てて後退、山を下り始めた。ティア達はそれを追い、ナナがその更に後方からティア達を追撃する形になっている。通常なら挟撃を恐れて進行方向を変えるべき局面だが、ティアは強気の攻めを選択した。ネフィルフォランと静香、真希とティア自身を最前列に出す、最強の攻撃布陣で一気に孝太郎を追い詰める考えだった。

「逃げていく里見君も小規模です。追い付けますか？」

慎重派の晴海がティアの考えに疑問を呈する。だがティアの自信は揺るがなかった。

「問題ない。孝太郎の進行方向は例のプライベートビーチじゃ！　流石に海の中には逃げられまい！」

孝太郎は山を下り、海の方へ移動していた。孝太郎が海へぶつかれば足は止まるし、仮に左右へ逃げてもその時のタイムロスで捕まえられる。孝太郎が逃げる方向が海であった時点でティア達の勝利は揺るがない――――戦いに関しては鼻が利くティアはそれを確信していた。そしてそれは確かに真実だった。

「ティアミリスさん、そろそろ森が切れますわ！」

「見えた！　コータローがおる！」

「ティアちゃん、里見君はどこ⁉」

「分隊の中程じゃ！」

「……あれね！」

「確かにマクシミリアンを持っている人が居ます！」

最初に肉眼で孝太郎を確認したのはやはりティアだった。続いて静香と真希も孝太郎を視界に捉える。直衛の部隊に囲まれるような形で孝太郎は海へ向かって走っていた。だがもう逃げ場は幾らもない。この半日に及ぶ追いかけっこはティアの勝利で終わる。自然とティアの気持ちは高揚し、口元には笑みが浮かんだ。

「シズカ、ネフィ、頼む！」

「任せて！」

「突っ込む！」

逃げる孝太郎達の背後から、静香とネフィルフォランが迫る。五十キロを超える装備を身に着けた兵士達は砂地では極端に足が遅くなる。二人はあっという間に彼らに追い付くと、その背を攻撃し始めた。

「ユリカ！」

「はいですぅ！　ハイモビリティ・フライ！」

「参る！」

ゆりかから魔法をかけて貰うと、ティアは走る勢いそのままに宙へ舞い上がった。ゆりかが使ったのは飛行の魔法。ティアは思うがままに宙を駆け、まるで弾丸のように孝太郎に突っ込んでいった。静香とネフィルフォランが孝太郎の背後を守る兵士を排除していたから、もはや孝太郎とティアの間には邪魔をする者はいない。先行していた兵士達が慌ててティアに銃を向けたが、その時にはもうティアは孝太郎の目の前だった。

「コータロー！」

「うおおっ⁉」

どかんっ、ずざざざざざぁっ

ティアは勢いよく孝太郎に抱き付いた。そして二人は絡まるようにして砂浜をごろごろと転がっていく。そのまま二人は波打ち際まで転がって、ようやく動きを止めた。こうして孝太郎と少女達の追いかけっこは、少女達の勝利で幕を閉じたのだった。

「……あんま無茶すんなよ、お前」

孝太郎は目の前のティアに向かって抗議する。孝太郎もティアも砂まみれ。ティアの最後の攻撃はあまりにも強引なものだった。

「そなたが悪い！」

だがティアは孝太郎の抗議を一刀の元に切り捨てた。ティアは海へやって来てからの不満が爆発していた。水着の事、卓球の事、虫取りの事。一人の女の子として、そろそろ我慢の限界だった。

「けど――」

孝太郎はなおも抗議をしようとした。だがその言葉は途中で止まる。

「そなたがっ、悪いっ！」

ティアの瞳に、大粒の涙が浮かんでいたから。ほんの少し前までは、ティアは戦いで高揚した顔をしていたというのに。

――そう言えば、土下座でも何でもする筈だったな……。

孝太郎は少し前にナナと交わした言葉を思い出すと、抗議を止める事にした。代わりにティアの身体を抱き抱えて起き上がる。

「俺が悪かった、ティア」

「今頃謝っても遅い！」

ティアはそっぽを向き、なおも怒りを表明する。それでいて孝太郎の腕の中から抜け出ようとする訳でもない。むしろしっかりと抱き付いている。それはまるで子供のような怒り方だった。

「怒ったままでも良いから、一度向こうを見てくれ、ティア」

孝太郎はなおも怒り続けるティアに背後を指し示す。

――――これを見ても許してくれなかったら、いよいよ土下座だな……。

そんな事を思いながら。

「なんじゃ⁉　今更何を見ても許さ――――って、なんじゃこりゃあぁぁぁっ⁉」

言われるままにティアが背後に視線を向けると、そこには手作り感満載の大きな看板が立っていた。

『ネフィルフォラン連隊長ならびにご友人一同、いつもありがとうございます＆お疲れ様大バーベキューパーティ会場』

そしてその看板の向こう側には、看板に書かれている通りに、バーベキューの準備が整っていた。それも非常に規模が大きく、何百人も一緒に楽しめるようなものだった。

「なっ、何なのじゃコータロー！　これはどういう事じゃっ⁉」

驚愕したティアは孝太郎の方に向き直ると、その身体をがくがくと大きく揺さぶる。ティアはまだ頭の方が状況を理解出来ずにいた。

「ベルトリオン卿、ご説明下さい！」

それはネフィルフォランや他の少女達も殆どがそうだった。彼女達は慌てた様子で孝太郎のところへ駆け寄ってくる。

「簡単に言うとだな、俺は陽動役だったんだ。このバーベキューパーティを隠す為の」

驚き混乱する少女達に、孝太郎は順を追って事情を説明していった。実はネフィルフォラン隊は訓練だけではなく、隊長のネフィルフォランの為にサプライズパーティを開きたいと孝太郎に申し出ていた。日頃の感謝を伝えたいという事と、ヴァンダリオンのクーデター以降彼女が働き詰めだった事を心配しての事だった。だがネフィルフォランは上官で皇女。無策にパーティを行えば、フォルトーゼ中から非難される可能性があった。そこで孝太郎の協力が欲しかった。孝太郎はネフィルフォランの上官で、しかも法律に縛られない特権があったから、ネフィルフォランへのサプライズパーティを行っても何処からも非難は出ない筈だった。

事情を知った孝太郎は快く協力する事にした。ただし感謝の気持ちや働き詰めである事はティア達についても言える事だったから、規模を大きくして貰って、みんなでバーベキューパーティをしようという事になった。

そしてその準備をネフィルフォランと少女達に気付かれずに行う為に、ありとあらゆる策が講じられた。その策の一つが、孝太郎自身が少女達の注意を惹き付ける囮となる事だった。孝太郎は無神経な事を言ったり、釣りや虫取りに行ったりして、ネフィルフォランや少女達の注目を惹き続けた。こっそりと進められている、バーベキューパーティの準備に気付かれないようにする為に。

「ではベルトリオン卿、訓練も陽動の一つだったという事でしょうか？」

「半分だけ正解です。確かに陽動として使った側面もありますが、あくまで訓練そのものは必要でした。陽動として使えるように近くの山に訓練場を設定した以外は、全て本気の訓練です。今回の訓練で得た情報を持ち帰って、よく検討して頂ければと思います」

「そういうからくりだったのですね」

孝太郎の不可解な行動は全てこのパーティの為。決して勝手に釣りや虫取りに行った訳ではなかった。無神経に見えたのもそう。ネフィルフォランを少女達の傍においておいて、部隊から切り離した事もそう。そういった事が少女達の頭の中にゆっくりと沁み込んでいく。するとこれまで奇妙に張り詰めていた空気が一気に緩んだ。そして少女達の表情に、いつもの笑顔が戻ってきた。

「でも、キリハさんには途中からバレてたみたいだけどな」

「何故そう思う？」

「ここにある食材と飲み物が増えてるからさ。裏で手を回してくれたんだろう？」

「さあ、我は何も知らんが」

「敵わないなぁ、まったく……」

「あたしは最初から信じてたけどね」

「嘘ですよぅ、早苗ちゃんはあたしを置いてった、サソリ固めだって言ってましたぁ」

「気のせいです」

孝太郎に対して貯め込んでいた負の感情がそのまま正の感情にひっくり返ったので、少女達の中にはもう怒っている者はいなかった。むしろその落差の分だけ、少女達は孝太郎とネフィルフォラン隊に感謝の気持ちを向けていた。

「おし、行くぞティア」

「ぬっ、おお？」

孝太郎はティアを抱いたまま立ち上がる。そして彼女をビーチに下ろすと、首にかけていたタオルで彼女の顔についた砂を払った。

「これでよし。それと……皇女殿下、昨日と今日の度重なる御無礼をお許し下さい」

心優しい少女達を動かす為に、感情的になり易いティアを利用したという面は間違いなくあった。孝太郎の数々の挑発でティアが動いてくれなければ失敗だったかもしれないのだ。だがそれだけにティアに過剰な負担を強いた。だから孝太郎はその謝罪は必要だと思っていた。

「……許さぬ」

「勘弁してくれよ」

「許さぬから、今日はわらわをエスコートせよ。それで許してつかわす」

「分かったよ。まずはメシにしよう。腹減っちまったよ」

「慣れない事をするからじゃ」

「まったくだ」

先に歩き出した孝太郎に駆け寄ったティアは、孝太郎の顔を覗(のぞ)き込むようにしながらその腕にしがみついた。一瞬(いっしゅん)何かを言おうとした孝太郎だったが、昨日と今日の経緯(けいい)を思い出して何も言わない事にした。そんな孝太郎とティアに、少女達が続く。お腹(なか)が減っているのは彼女達も同じだった。

「桜庭先輩はずっと落ち着いていましたけれど、最初から里見君の思惑(おもわく)に気付いていたんですか？」

「それがですね、笠置(かさぎ)さん……私は里見君の思惑に気付いていたというより、何も考えずに信じていた感じで……全部分かったのはここに着いた時です」

「分かります。私はなんであれ里見君の思うようにしてあげたかったので」

「マキはもう少し自分の願望を表に出した方が良いと思いますわ」

「わたくしはすっかりおやかたさまに騙(だま)されてしまいました。今になって冷静に考えてみれば、そんな筈はないと分かるのに……」

「ルースは嫉妬深い所があるもんねー。ぬふふ、孝太郎がルースより魚や虫が好きなわけないじゃん」

「そういう早苗ちゃんもぉ、サソリ固めだって怒ってたじゃないですかぁ」

「気のせいです。………っと、キリハはいつから分かってたの？」

「カラマとコラマが我を裏切ったと分かったあたりからだ」

『裏切ってないホー！』

『全部姐御の為だホー！』

「とまあ、そういう事情ではないだろうかと」

「そーか、いくら埴輪ちゃん達でも、キリハを売る事はないか」

『鉄の忠誠心だホー！』

『だから今回はただでラジコンのパーツが貰えるんだホー！』

『やったホー！　改造するホー！』

「………いずれ売りそうね」

「凄い映像が撮れましたね、コトリ！」

「うん！　でも………だからこそ公開できないのが残念」

「私達みんなで見られれば良いんですよ。素敵な想い出です」

「じゃあ、もっと撮ろうよ！」

「はいっ！」

例の大きな看板は入場ゲートも兼ねている。少女達は楽しそうに言葉を交わしながらそのゲートを潜っていく。だがその中で一人だけ、違う表情を浮かべている者がいた。

「隊のみんなが、私の為にこんな事を……」

それはネフィルフォランだった。この二日間の騒ぎは全て彼女の為のものだった。兵士達は働き過ぎのネフィルフォランの事を心配していたが、こうした場を持つチャンスに恵まれなかった。それにサプライズパーティに協力してくれる上位の権限を持つ人物にも恵まれなかった。やはり皇女で上官という立場の相手には、安易にサプライズパーティを開く訳にはいかないのだ。だから彼らはこんな風に出来る日を、悶々としながら待ち続けてきたのだ。それに気付いたネフィルフォランは、部下達の深い思いやりに涙が出そうになっていた。

「連隊長、今日ばかりは泣いても良いと思いますよ」

涙を堪えるネフィルフォランに、一番最後にこの場所に現れたナナが笑いかけた。

「ナナさん……」

「みなさんもそう思いますよねっ？」

そしてナナは遠巻きにネフィルフォランの様子を見守っていた兵士達に元気な笑顔を向けた。すると兵士達は我が意を得たりとばかりに声を上げた。

「いつも真面目な連隊長に泣いて頂けたのであれば、末代までの自慢となります」

「連隊長を騙すのは気が退けましたが、喜んで頂けて光栄であります！」

「正直この二日間ヒヤヒヤものでした。成功してホッとしております！」

「今日ばかりは雑事を忘れて、パーティを楽しんで頂ければと思います」

「自慢の地元食材を持ち込んでおります。宜しければ是非ご賞味下さい！」

兵士達は口々にネフィルフォランへの気持ちを打ち明けると、彼女に笑顔と敬礼を向ける。そこには頑張り過ぎの年若い指揮官に対する最大限の敬意と友情、そして何歳も年上の大人としての優しい思い遣りが込められていた。それを感じたネフィルフォランは遂に堪えられなくなった。

「………そうですね、今日だけは連隊長と皇女である自分を、忘れようと思います」

ネフィルフォランの両目からポロポロと涙が溢れ始める。ネフィルフォランはそれを一度ごしごしと拭おうとしたが、涙は後から後から溢れてくる。だから彼女は涙を拭う事を諦め、溢れるに任せた。それは職務に忠実なネフィルフォランが垣間見せた、年相応の少女としての顔だった。

「それでは一名様ご案内でーす！」

「ナ、ナナさんっ⁉」

「良いから良いから！　みなさん、ちゃんとおもてなしして下さいね！」

『はい、よろこんでー！』

それからネフィルフォランは歓声を上げながら近付いてきた部下達に囲まれ、そしてナナに手を引かれながら、バーベキューパーティの会場へと入っていった。部下達が望んでくれた通りに存分に楽しもう、そんな事を思いながら。

昼過ぎから始まったバーベキューパーティは日が傾き始めても続いていた。大人達は食べたり酒を飲んだり、若者は食べたり遊んだりと、それぞれにのんびりとした楽しい時間を過ごしている。長く続けている理由は楽しいからというだけではなく、ネフィルフォラン隊の兵士達がローテーションで参加しているからだ。流石に護衛の任務だけは投げ出す訳にはいかないのが兵士達の辛い所だった。

「ナナさん、これは何という食べ物なのですか？」

「焼きそばというこの星の料理です。子供から大人まで大好きなんですよ」

「焼きそばか……では頂いてみましょう」

「是非に」

だが兵士達の目的は自分達が楽しむ事ではなく、ネフィルフォランが楽しむ事だ。その意味においては大成功と言っていい状況で、そこかしこで彼女の笑顔を見る事が出来た。兵士達としては大満足の結果と言えるだろう。

「コータロー様っ！　これは何ですかっ、何という料理ですかっ⁉」

「パガローナっていう……あー違う、パガローナはこのソースの名前だ。二千年前は細長い芋をすり潰して、そこに――」

また料理のメニューには多くのバリエーションがあった。基本は地球とフォルトーゼのバーベキュー料理なのだが、それに加えてそれぞれの星の料理が食べられるテントが数多く立ち並んでいた。そんな中で兵士達に一番人気を誇ったのが、孝太郎が提供したレシピを元に二千年前の料理が何種類か並んでいる一角で、開始からずっと行列が出来ていて今も途切れていなかった。加えて孝太郎との記念撮影を望む者も多く、孝太郎と撮影班のナルファはずっとその対応に追われていた。だがナルファは楽しそうに撮影していたし、孝太郎としては兵士達と少女達が楽しそうにしているだけで満足だった。

「男の子って、本当にこういうところが不器用よねぇ……」

静香はテントを走り回っている孝太郎を眺めながら、誰にともなくそう呟いた。静香の目には、昨日と今日で孝太郎が一番苦労をしているように映っていた。次点は兵士達。この状況を作り上げる為に、彼らは多くの時間を費やした筈だった。

「ん～～～、美味しい～～～！」

そして静香は唐揚げの魚を頬張り、満足そうな笑顔を作った。この唐揚げに使われている魚は昨日釣り好きメンバーが釣り上げたもので、中には孝太郎が釣ったものも少なくないとの事だった。そんな静香と一緒に料理を食べていた晴海は、静香に穏やかな笑顔を向けた。

「それを不器用と呼ぶのか、それとも優しさと呼ぶのか――――という事ではありませんか？」

「そうですよね、んふふっ」

静香は頷くともう一つ唐揚げを口に入れる。静香も晴海が言いたい事は分かっていた。分かっていてあえて不器用と評した。だからこそ静香は存分に料理を楽しもうと思っていた。

「でも、あるいは今の里見君なら――――」

晴海の呟きは半ばで途切れた。だが彼女の深く優しげな視線は孝太郎に注がれ続けている。晴海が何を言おうとしたのか、静香にも分かる気がしていた。

「じゃあ、今の桜庭先輩(せんぱい)なら？」

「答えはもう決まっているような気がしませんか？」

「決まっている……………えっと、新しい下着ですか？」

「ちっ、違いますうっ!!」

孝太郎と兵士達が必死になって準備したサプライズバーベキューパーティは、それからもうしばらく続いた。そしてこのパーティで胸の中に貯め込んだ沢山の元気で、明日以降もそれぞれの役目を果たしていく事になるのだった。

ころな陸戦規定

第三十一条

ころな陸戦条約に批准した者は、2011年8月1日の大浴場での会話を最高機密扱いであるものとする。

第三十一条補足

桜庭先輩、あの夜何かあったんスか？　ないですよっ、全然何もないですっ！　そうなんですか？　そーだよ、みんなの意見が割れて全然収拾付かなくて下――ぴゅがもごぐほぉぷぉっ！　なっ、何もないですよっ、何も！　全然何もないですっ！　ぐふぉぽげらぴむりゅっぽ！

あとがき

御無沙汰しております、作者の健速です。今回も無事に三十七巻をお届けする事が出来ました。今の世の中は明るい話題が少なく気持ちが暗くなりがちですが、本作が皆さんの助けになれば幸いです。

さてこの三十七巻は、以前WEBサイトで公開していた短編三本と、書き下ろしの中編が一本という構成です。まずは書き下ろしの中編の内容を紹介していこうと思います。

今回の中編は、夏休みにみんなで海へ遊びに行くというシンプルなお話です。三十四巻から三十六巻まではずっと戦いの話だったので、ここらでのんびりした話も入れておこうという判断です。こういうのんびりした話を待っておられる方も多いようですし、また登場人物達にとって高校最後の夏でもありましたから、現実世界では冬なのに海の話をやる事になりました（笑）とはいえ少女達の思惑と孝太郎の思惑には微妙にすれ違いがあるようで、夏の海は波乱含み。そこにネフィルフォランと彼女の部隊の思惑も絡んで来て話はややこしくなっていきます。ここを読んでおられる読者の皆さんはもう本編の方は読まれたのでしょうか？　楽しんで頂けていれば幸いです。

続いて短編についてですが、今回の三本は『クランと晴海』『ティアとルース』『静香と早苗』という、二人一組で物語が展開するシリーズが収録されています。

クランと晴海は、自分達が孝太郎に、女の子らしく扱って貰えていないのではないかという共通した悩みを抱えています。クランは弄られ放題、晴海はお姫様扱いと、方向性は真逆ですが本質的には同じ悩み。二人は協力してその解決に臨みます。

ティアとルースのお話は、国民の要望で青騎士――孝太郎との出会いとその後の経緯の情報公開をする事となり、二人で過去の出来事を振り返っていくというものです。ティアとルースの出会いから、地球へ行ってからの一連の騒動など、かつての彼女達を現在の彼女達が回想していく内容となっています。

三番目の静香と早苗のお話は、二人でころな荘の大掃除をするというもの。大掃除というものは得てして手が止まりがちになります。大掃除をしている時に想い出の品や、大好きな本を見付けてしまったりするからです。ころな荘の大掃除では果たして何が出て来るのか。それが今の二人にどう影響するのか――そんな物語です。

　この巻の紹介が終わったので、このまま次の巻の紹介をしようと思います。前巻は早苗が空から落ちて来たところで終わっていました。これは時間的には、今回の夏休みの話の少し後の出来事です。海で沢山遊び、心機一転頑張ろう、というタイミングで空から彼女が降って来た訳です。早苗は何をしていたのでしょうか。単に空を飛んで遊んでいただけなのか、それとも何か特別な事情があったのか。次の三十八巻は、この『空から落ちて来た早苗』を軸に物語が進んでいきます。

　さて次の巻は早苗の物語になっていく訳ですが、読者の皆さんの中にはある事を不思議に思っていた方もいらっしゃるかと思います。それは『初期の四人の侵略者の中で、何故早苗だけ個人のエピソードが二回しかないのか』という事です。キリハを例に挙げると、六巻、十巻、十五巻（と十六巻）と三回の中心となるエピソードがあります。ティアとゆりかも事情は概ね同じです。ですが早苗だけは何故か三巻と十一巻しかありません。そうなんですね、実はこの位置に三回目があるからだったんです。詳しい話は次回以降にお話しようかと思いますが、簡単に言うと物語の構成上この位置に置かざるを得なかったのです。そしてこの作品がもっと短命に終わる場合には、もっとずっと前に配置されたと思います。ようやくこの辺の秘密を明らかにする事が出来ました。これまでは訊かれても誤魔化すしかありませんでした。

そんな訳で次の三十八巻からは物語が大きく動いていく事になる筈です。読者の皆さんには、楽しみにお待ち頂ければと思います。

もうちょっとあとがきのページがあるようなので、私の近況をお伝えしてみようかと思います。元々作家やライターといった職業は家にこもりがちなので、現在の緊急事態宣言下でも私の生活にはあまり大きな変化はありません。とはいえ遊びに行く事は減ってしまっていますので、運動不足になっていました。そこで最近Ｓｗｉｔｃｈでフィットボ○シング２を始めてみました。

最初に挑戦した時は肉体年齢五十一歳と散々な結果。どちらかというとパンチよりもステップで苦労しているような状況でした。けれどその後の苦労の甲斐もあって、最近は四十三歳と実年齢と同じくらいになりました。一通りやると沢山汗をかくし筋肉痛にもなるので、運動不足には効いているようです。ステップも何とかついていけるようになってきて、ようやくスタート地点に立ったという感じでしょうか。ここから少しずつ運動の強度を上げていって、この生活に役立てていこうと思っています。えっ？　トレーナーを誰に

してるかって？　それはもちろんあの三人をローテーションで回してますよ（笑）

　それとまたゲームの話ですが、ＰＣゲームのエスケープフ○ムタルコフというＦＰＳを始めました。個人的にはテトリス以来となる、ロシア産のゲームです。

　ＦＰＳは一人称視点で銃を使って戦うゲーム、要するにデジタルのサバゲーって感じのゲームです。私はこれまではＦＰＳ自体をあまりやってこなかったので、何かと初体験で楽しいです。パーツを組み合わせて自分好みの銃を作ったり、死んだらその銃を取られたりと、作り込まれたシステムと緊張感がたまりません。

　ただ、ちょっと手間取っているのが、マウスとキーボードで操作するという事です。昔からゲームはコンシューマーゲームばかりやってきたので、マウスとキーボードの操作がまだ上手く出来ません。多くの場合、手間取っているうちに撃たれます。そのうち慣れてくるでしょうが、それまでは慎重なプレーに努めたいと思います。敵に見付からなければ死にはしませんからね（笑）

　総じて、ゲームというものに助けられている気がします。仲間と一緒にボイスチャットで大騒ぎしながら遊べるので、気持ちを明るくしてくれます。考えてみれば、百年以上前に伝染病の大流行が起こった時などは、人々が感じる社会と隔絶している感覚はきっと今以上だったでしょう。電子書籍なんていうものも、助けの一つかもしれません。様々な技術の進歩が我々を助けてくれている。不思議な時代になりましたね。

ページ数が丁度良い感じになってきたので、そろそろ終わりにしようかと思います。

最後にいつもの御挨拶を。

この本を製作するにあたって御尽力頂いた編集部の皆さん、ネフィルフォランの普段着を表紙にしようよと言ったら上手い事してくれたポコさん、そしていつも本作を待ち続けて下さっている世界各地の読者の皆さんに心から御礼を申し上げます。

それでは三十八巻のあとがきで、またお会い致しましょう。

二〇二一年　二月
健速

HJ文庫 http://www.hobbyjapan.co.jp/hjbunko/
924

六畳間の侵略者!? 37

2021年3月1日　初版発行

著者――健速

発行者―松下大介
発行所―株式会社ホビージャパン

〒151-0053
東京都渋谷区代々木2-15-8
電話　03(5304)7604（編集）
　　　03(5304)9112（営業）

印刷所――大日本印刷株式会社

装丁――渡邊宏一／株式会社エストール

乱丁・落丁（本のページの順序の間違いや抜け落ち）は購入された店舗名を明記して
当社出版営業課までお送りください。送料は当社負担でお取り替えいたします。
但し、古書店で購入したものについてはお取り替えできません。

定価はカバーに明記してあります。

Printed in Japan

ISBN978-4-7986-2435-8　C0193

単行本①～⑤巻
好評発売中!
原作/健速
キャラクター原案/ポコ
漫画/有池智実
六畳間の侵略者!?
5
健速
ポコ
有池智実
堂々完結!!!

コミック版
漫画:六畳間の侵略者!?
コミックファイア
http://hobbyjapan.co.jp/comic/
にて掲載中!

伝説の魔導王、千年後の世界で新入生になる 1
～零からやり直す学園無双～

著者／空埜一樹
イラスト／ぷきゅのすけ

転生した魔導王、魔力量が最低でも極めた支援魔法で無双する!!!!

魔力量が最低ながら魔導王とまで呼ばれた最強の支援魔導士セロ。彼は更なる魔導探求のため転生し、自ら創設した学園へ通うことを決める。だが次に目覚めたのは千年後の世界。しかも支援魔法が退化していた!?　理想の学生生活のため、最強の新入生セロは極めた支援魔法で学園の強者たちを圧倒する――!!